Laura Marie Geupel · Selina Greife

Das Übungsheft Ethik 4

Menschsein, Glauben, Handeln

Name: ______________________________

Klasse: ____________

Mein Ethikmeister-Pass

Ethikmeister	Seite	Datum	Anzahl der richtigen Antworten	Wie leicht fiel mir das? ☺ ☺ 😐 ☹
1	14			
2	24			
3	34			
4	44			
5	54			
6	63			

Mildenberger

Inhaltsverzeichnis

Menschsein

Inhaltsverzeichnis

Philosophieren – was ist das und wie macht man das?

Du hast bestimmt schon einmal philosophiert, ohne es bemerkt zu haben. In der Philosophie geht es darum, Fragen zu stellen. Aber keine Fragen wie „Was ergibt 5 mal 8?“ oder „Worin unterscheiden sich Katzen von Hunden?“. Stattdessen stellt man dabei Fragen wie „Was ist Liebe?“ oder „Ist es okay, Tiere zu essen?“. Das Großartige, aber auch Schwierige an diesen philosophischen Fragen ist, dass es keine genauen oder richtigen Antworten darauf gibt. Jeder Mensch kann sich dazu seine eigenen Gedanken machen und einer Begründung zustimmen oder nicht.

Doch was hat Philosophie nun mit deinem Leben zu tun?

Philosophie kann dabei helfen, alles besser zu verstehen: uns Menschen, unser Leben und die Welt. Indem sich Menschen immer wieder philosophische Fragen stellen und sich austauschen, können neue Ideen entstehen. Außerdem kannst du viel über dich lernen, wenn du dich zum Beispiel fragst „Wer bin ich?“ oder „Was ist mir wichtig im Leben?“.

Philosophieren mit dem Fünf-Finger-Modell

Deine Hand kann dir dabei helfen, zu einem Thema die philosophischen Fragen zu stellen. Mit jedem Finger stellst du dir bestimmte Fragen zu einem Thema.

Dafür- und dagegensprechen
Was spricht dafür, was dagegen?
Was überzeugt mich mehr?

Sich hineinversetzen
Was denken andere?
Wie ist etwas gemeint?
Wie kam es dazu?

Einzelheiten klären und erforschen
Was genau bedeutet das?
Aus welchen Einzelteilen ist es aufgebaut?
Wie kam es dazu?

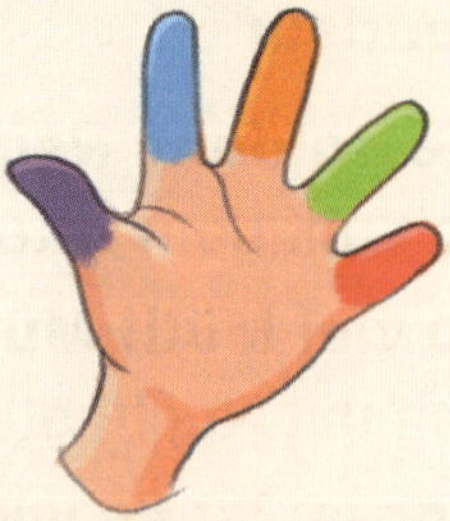

Fantasieren und weiterdenken
Was wäre, wenn...? Was könnte passieren?
Könnte es auch ganz anders sein?

Genau hinschauen
Was sehe ich?

Erster Finger: Genau hinschauen

Beim ersten Finger beschäftigst du dich mit diesen Fragen:

Was sehe ich?

Was ist das?

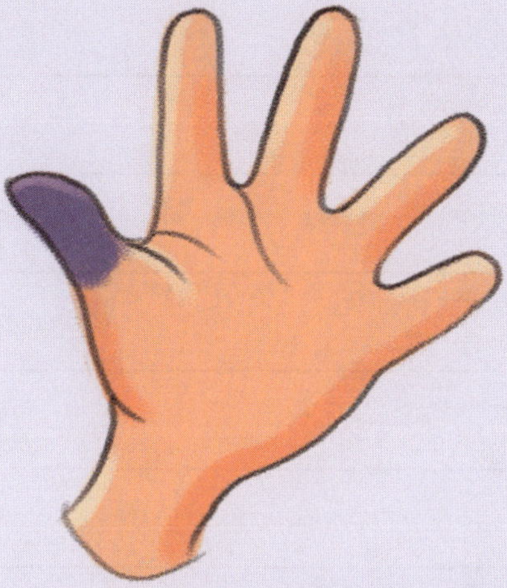

Bei dem ersten Finger geht es also immer darum, etwas genau zu betrachten und zu beschreiben. Wichtig ist dabei, dass du nur das, was du siehst, beschreibst. Du bewertest also nicht, indem du zum Beispiel sagst, wie du das Gesehene findest. Auch erfindest du nichts dazu, was du nicht siehst.

1 Schau dir das Bild an und beschreibe es.

2 Lies die folgende Beschreibung des Bildes von oben durch.
Streiche alle Sätze durch, die nicht zum ersten Finger gehören.
Schreibe den Text anschließend noch einmal richtig auf.

Der Junge und das Mädchen streiten sich, weil der Junge das Mädchen möglicherweise nicht beim Spiel mitmachen lassen wollte. Der Junge trägt eine grüne Hose und ein rotes T-Shirt, da das bestimmt seine Lieblingsfarben sind. Das Mädchen hat blonde Locken und trägt eine Kette, die ihr vielleicht ihre Mama geschenkt hat.

Zweiter Finger: Einzelheiten klären und erforschen

Beim zweiten Finger beschäftigst du dich mit diesen Fragen:

Was genau bedeutet das?

Aus welchen Einzelheiten ist es aufgebaut?

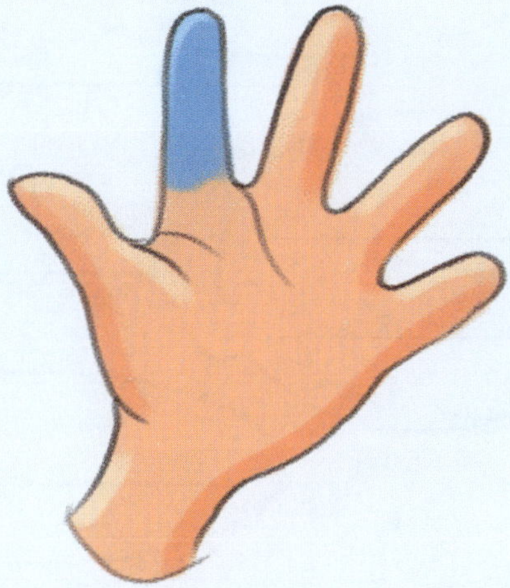

Bei dem zweiten Finger wirst du zum Forscher oder zur Forscherin: Es geht bei diesem Finger immer darum, dass du etwas Ganzes in seine Einzelteile zerlegst und es genauer erforschst. So kannst du dir einen genaueren Überblick verschaffen und weitere Entscheidungen treffen. Du versuchst dabei, zu verstehen, was du siehst.

1 Was gehört für dich alles zum Thema „Freundschaft“?
Erstelle eine Mindmap und schreibe in Stichworten auf.

Freundschaft

2 Lies dir durch, was Katharina unter „Freundschaft“ versteht. Schreibe Gemeinsamkeiten und Unterschiede zu deiner Mindmap in die Tabelle.

Freundschaft bedeutet für mich, dass ich jemanden habe, mit dem ich über alles reden kann, der meine Geheimnisse für sich behält, dem ich vertrauen kann und der die gleichen Interessen hat.

Gemeinsamkeiten	Unterschiede

Dritter Finger: Dafür- und dagegensprechen

Beim dritten Finger beschäftigst du dich mit den Fragen:

Was spricht dafür?

Und was dagegen?

Was überzeugt mich mehr?

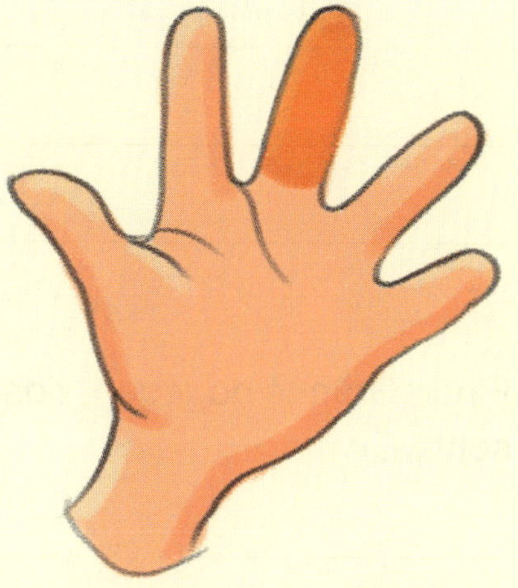

Bei dem dritten Finger beschäftigst du dich mit den Argumenten zu einem Thema. Dabei prüfst du diese darauf, ob du der gleichen Meinung bist. Danach entscheidest du dich dafür oder dagegen. Im Anschluss versuchst du zu beurteilen, ob die Entscheidung die richtige war.

1 Finde Gründe dafür, dass auch Jungen lila und rosa Kleidung tragen dürfen.

____

____

____

____

2 Finde Gründe dagegen, dass Jungen lila und rosa Kleidung tragen sollten.

____

____

____

____

3 Was ist deine Meinung? Begründe.

Ich finde, Jungen sollten ______________________

____

____

____

____

____

____

____

Vierter Finger: Sich hineinversetzen

Beim vierten Finger beschäftigst du dich mit diesen Fragen:

Was denken andere?

Wie ist etwas gemeint?

Wie kam es dazu?

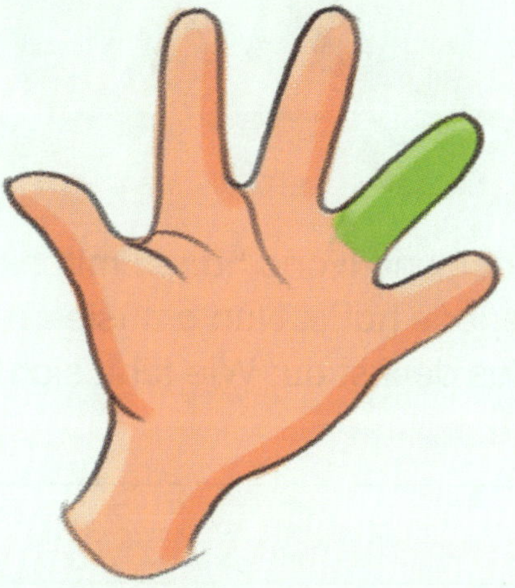

Bei dem vierten Finger versuchst du dich in eine andere Person hineinzuversetzen. Dabei versuchst du zum Beispiel die Gefühle oder Gründe der Person zu verstehen. Danach kann es durchaus sein, dass du manches vielleicht anders siehst.

1 Malte und Ivana haben mitbekommen, dass Nuri zum ersten Mal ihre Periode hatte. Nun amüsieren sie sich darüber.
Was denkst du: Wie fühlt sich Nuri? Begründe.

____

____

____

____

2 Nuri beschwert sich bei ihrer Klassenlehrerin über das Verhalten von Malte und Ivana. Wie fühlen sich die beiden nun? Schreibe auf.

____

____

____

____

Fünfter Finger: Fantasieren und weiterdenken

Beim fünften Finger beschäftigst du dich mit den Fragen:

Was wäre, wenn ...?

Was könnte passieren?

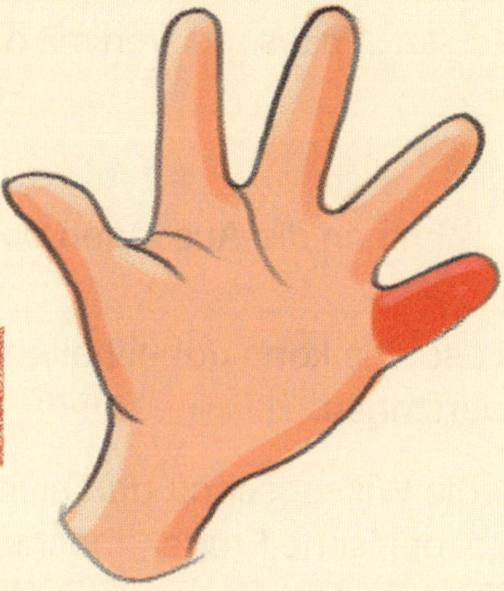

Könnte es auch ganz anders sein?

Bei dem fünften Finger sind deine Fantasie und Kreativität gefragt, indem du über Alternativen nachdenkst. Hierbei sind dir keine Grenzen gesetzt, denn es gibt kein Richtig oder Falsch.

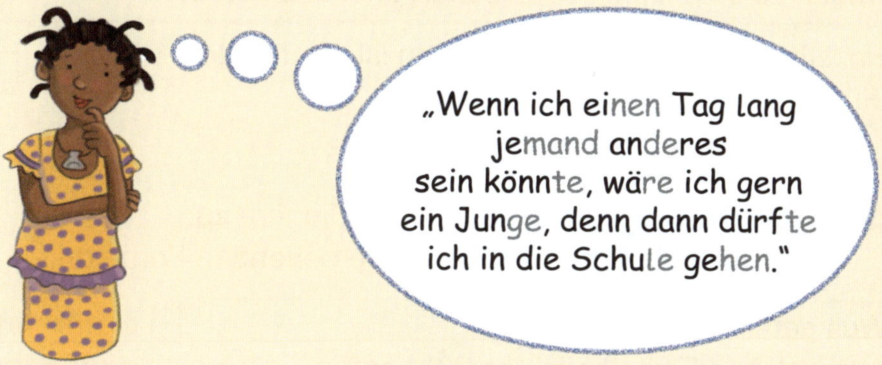

1 Stell dir vor, du könntest einen Tag lang jemand anderes sein. Wer wärst du gern und warum?

___

___

___

Der 1. Ethikmeister

Auf den folgenden beiden Seiten kannst du überprüfen, wie gut du das Kapitel „Philosophieren mit dem Fünf-Finger-Modell“ verstanden hast.

1 Stimmen die Aussagen oder nicht? Kreuze an.

	Stimmt	Stimmt nicht
Philosophie kann dabei helfen, alles besser zu verstehen.	☐	☐
Nur die Wissenschaft darf sich Gedanken über philosophische Fragen machen.	☐	☐
„Ist es okay, Tiere zu essen?“ ist eine philosophische Frage.	☐	☐
Das „Fünf-Finger-Modell“ kann nicht helfen, die richtigen Fragen zu einem philosophischen Thema zu stellen.	☐	☐
Einzelheiten klären und erforschen ist ein Teil des „Fünf-Finger-Modells“	☐	☐

2 Ordne die Fragen den passenden Fingern zu.
Male dazu die Fragen in der entsprechenden Farbe an.

Was genau bedeutet das? Aus welchen Einzelheiten besteht es?	Dafür- und dagegensprechen
Was wäre, wenn...? Was könnte passieren?	Einzelheiten klären und erforschen
Was sehe ich? Was ist das?	Sich hineinversetzen
Was spricht dafür und dagegen? Was überzeugt mich mehr?	Fantasieren und weiterdenken
Was denken andere? Wie ist es gemeint? Wie kam es dazu?	Genau hinschauen

3 Lies die Sätze in der linken Spalte. Streiche den falschen Kasten durch.

Wenn ich jemand anderes sein könnte, dann wäre ich....	**Fantasieren und weiterdenken**	**Genau hinschauen**
Was verbindest du mit dem Wort „Liebe“?	**Einzelheiten klären und erforschen**	**Dafür- und dagegen-sprechen**
Dürfen Jungen Schmuck tragen?	**Sich hinein-versetzen**	**Dafür- und dagegen-sprechen**
Wie könnte sich Jason fühlen, weil sein Hund eingeschläfert werden musste?	**Sich hinein-versetzen**	**Genau hinschauen**

4 Wie heißt der Finger, zu dem die jeweilige Aufgabe gehört? Ergänze.

Beispielaufgabe	Name des Fingers
Entscheide, ob es schlimm ist, die eigenen Eltern anzulügen.	____________________
Stell dir vor, du könntest etwas in der Schule verändern – was wäre es?	____________________
Beschreibe den Gesichtsausdruck der Person ganz genau.	____________________
Was versteht man unter dem Spruch „Zeit ist Geld“?	____________________
Was könnte Nadine sich dabei gedacht haben?	____________________

Du hast ☐ von 19 Antworten richtig.

Mein einzigartiges Ich

Einzigartig zu sein bedeutet, dass jeder Mensch auf dieser Welt anders ist und Eigenschaften hat, die ihn von anderen unterscheiden.
Das heißt, dass du etwas Besonderes bist, weil es niemanden gibt, der genau so ist wie du.

1 Male dich selbst. Schreibe dann in Stichworten einige deiner einzigartigen Eigenschaften und Talente rechts neben das Bild.

2 Warum ist es wichtig, die eigene Einzigartigkeit zu erkennen und zu schätzen? Begründe.

3 Finde drei Beispiele, wie Vielfalt in deiner Umgebung das Leben interessanter und wertvoller macht.

1. ______________________________

____

2. ______________________________

____

3. ______________________________

____

4 Mutmacher-Brief: Schreibe einen Brief an dich selbst, in dem du deine Stärken und Talente nennst und dich selbst ermutigst.

____

____

____

____

____

____

____

____

____

____

____

____

Was ich will

Was wir wollen, kann darin unterschieden werden, was wir uns wünschen (Wunsch) oder was wir brauchen (Bedürfnis).
Ein Wunsch ist etwas, das wir gerne hätten oder erreichen möchten, aber nicht unbedingt benötigen. Ein Bedürfnis hingegen ist etwas, das man unbedingt braucht, um zu überleben.

1 Ordne die Begriffe aus dem Kasten passend zu. Finde jeweils zwei weitere Beispiele.

Schlaf | Haustiere | Ferien | Spielzeug | medizinische Versorgung | Kleidung

Bedürfnisse: ______________________________

____

Wünsche: ______________________________

____

2 Sortiere die folgenden Wünsche und Bedürfnisse danach, wie wichtig sie dir sind. Schreibe dazu Ziffern von 1 bis 8 in die Kästchen.

☐ Kleidung ☐ eigenes Zimmer ☐ Roller ☐ Spielzeug
☐ Bett ☐ Essen und Trinken ☐ Smartphone ☐ Liebe

3 Wie würdest du dich fühlen, wenn ein Wunsch von dir unerfüllt bleibt? Begründe.

____

____

4 Wie würdest du dich fühlen, wenn ein Bedürfnis von dir nicht erfüllt werden würde? Begründe.

____

____

____

5 Erstelle deine eigene Wunschtafel. Denke dazu darüber nach, was du dir wünschst und welche Ziele du hast. Das können Dinge sein, die du gern hättest, Orte, die du gern besuchen möchtest oder Fähigkeiten, die du gern entwickeln möchtest. Befülle ein weiteres Kästchen.

Du kannst deine Wunschtafel auch auf einem extra Blatt anfertigen und dann in deinem Zimmer als Motivation aufhängen.

Meine Wunschtafel

Familie

____

____

____

____

Schule / Beruf

____

____

____

____

Freundschaft

____

____

____

____

____

____

____

____

____

Freizeit / Hobby

____

____

____

____

Wovon ich träume – was ich mir wünsche

Ein Traum ist etwas, das wir uns in unserer Fantasie vorstellen. Wir träumen oft von Dingen, die vermutlich nie passieren werden. Ein Wunsch hingegen ist etwas, das wir wirklich haben oder erleben wollen. Wünsche sind meist etwas Mögliches und wir können versuchen, sie wahr werden zu lassen. Träume und Wünsche unterscheiden sich also in der Möglichkeit ihrer Erfüllung.

1 Was glaubst du: Warum sind Wünsche und Träume für uns so wichtig? Kreuze die Antworten an, denen du zustimmst. Ergänze auch einen eigenen Grund.

Wir haben Wünsche und Träume, weil …

- ☐ … uns langweilig ist.
- ☐ … wir uns damit Ziele im Leben setzen.
- ☐ … uns etwas fehlt.
- ☐ … wir auf der Suche nach dem Glück sind.
- ☐ … uns Wünsche und Träume zum Handeln antreiben.
- ☐ … ____________________

2 Stell dir vor, es gäbe eine Maschine, die jeden Wunsch erkennt und dann erfüllen kann. Wie könnte sie dem jeweiligen Kind helfen? Schreibe mögliche Lösungen auf.

1. Sina: „Manchmal fühle ich mich allein."

   ____

2. Matheo: „Meine Katze musste gestern zum Tierarzt, weil sie krank ist."

   ____

3. Talia: „Ich habe große Angst vor dem Referat."

   ____

3 Was ist dein größter Wunsch? Begründe, warum dieser Wunsch so wichtig für dich ist und wie du ihn erreichen könntest.

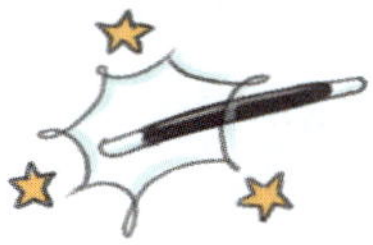

Mein größter Wunsch:

____

Dieser Wunsch ist mir wichtig, weil ____________________

____

Ich könnte meinen größten Wunsch erreichen, indem ____________________

____

4 Schreibe eine Liste mit drei Wünschen, die du für andere Menschen hast – zum Beispiel für deine Familie, Freunde oder alle Menschen.

1. ____________________
2. ____________________
3. ____________________

5 Menschen haben in verschiedenen Kulturen oft unterschiedliche Wünsche, die von ihren Erfahrungen beeinflusst werden. Was denkst du – was wünschen sich die Kinder? Schreibe in die Sprechblasen.

In Burundi gibt es viel Armut.

____

____

____

____

Luxemburg ist ein reiches Land.

So viele Fragen – und manchmal keine einfache Antwort

Wir stellen uns im Laufe unseres Lebens viele Fragen. Manche davon sind leicht zu beantworten, andere nicht. Während sich die leichteren Fragen oft auf alltägliche Situationen beziehen, gibt es schwierige Fragen (große Fragen), die schwer zu beantworten sind und über die sich selbst die größten Denker und Denkerinnen der Welt noch heute die Köpfe zerbrechen. Selbst die Wissenschaft kann auf viele davon keine eindeutige Antwort liefern. Wichtig bei allen Fragen ist jedoch, dass du dir immer deine eigenen Gedanken dazu machen solltest. Es ist nicht alles so, wie es uns auf den ersten Blick erscheint. Außerdem können sich selbst die klügsten Menschen einmal irren!

1 In unserem Leben stellen wir uns kleine und große Fragen. Schreibe jeweils eine für dich kleine und eine große Frage auf.

Kleine Frage: ______________________________

____

Große Frage: ______________________________

____

2 Was denkst du: Ist die Wirklichkeit wirklich immer so, wie man sie sieht?

☐ Ja, ich kann immer meinen Augen trauen.

☐ Nein, meine Augen haben mich schon einmal getäuscht.

3 Schau dir das Bild an. Was siehst du?

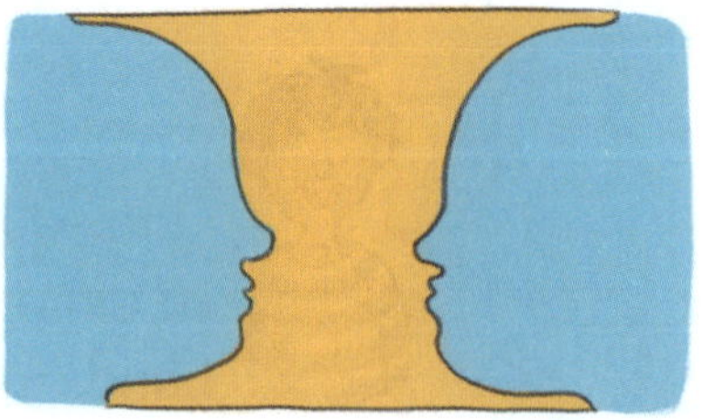

Du hast die optische Täuschung erkannt. Würdest du nun deine Antwort bei **2** ändern wollen?

☐ Ja ☐ Nein

4 Welche Fragen lassen sich leichter beantworten (kleine Fragen) und bei welchen fällt es dir schwerer, eine eindeutige Antwort zu finden (große Frage)?

	kleine Frage	große Frage
Warum vergeht die Zeit für uns selbst manchmal langsam und manchmal schnell?	☐	☐
Können Tiere Pläne für ihre Zukunft schmieden?	☐	☐
Kann man zum Mond fliegen?	☐	☐
Haben Pflanzen Gefühle?	☐	☐
Warum sollen wir uns die Zähne putzen?	☐	☐
Warum fliegt ein Vogel?	☐	☐
Warum leben Menschen?	☐	☐
Hört Gott zu, wenn wir beten?	☐	☐
Wer hat sich die Welt ausgedacht?	☐	☐

5 Lies dir die folgenden großen Fragen durch. Suche dir eine aus und versuche sie für dich zu beantworten. Begründe deine Meinung.

1. Ist ein Hund wertvoller als ein Huhn?

2. Sind einige Menschen wichtiger als andere?

3. Gibt es Situationen, in denen Menschen anderen Menschen wehtun dürfen?

4. Muss man immer die Wahrheit sagen?

Diese Frage habe ich mir ausgesucht: Nr. ____

Meine Antwort: ______________________________

____

____

Der 2. Ethikmeister

20 min

1 Was denkst du: Können Menschen wunschlos glücklich sein? Begründe.

____

____

____

2 Lies dir die Aussagen durch. Entscheide, ob sie stimmen (Haken) oder nicht (Kreuz).

Wenn ich sage, dass ich wunschlos glücklich bin, dann …

- ☐ … bin ich gerade sehr zufrieden.
- ☐ … empfinde ich Dankbarkeit.
- ☐ … bin ich auf andere neidisch.
- ☐ … brauche ich immer etwas Neues.
- ☐ … fehlt es mir gerade an nichts.

3 Lies dir die Wünsche durch.
Streiche die Wünsche durch, die nicht erfüllbar sind.

besser in der Schule sein	Streitereien beenden können
in die Zukunft schauen können	eine andere Sprache sprechen können
die Zeit anhalten können	Schnee an Weihnachten
ein Haustier bekommen	einen Fernseher im Zimmer haben
länger wach bleiben dürfen	unsterblich sein

4 Welche dieser Fragen interessiert dich am meisten?
Kreuze an und schreibe deine Gedanken dazu auf.

- ☐ Was ist der Unterschied zwischen Fantasie und Wirklichkeit?
- ☐ Wenn ich in einem anderen Land geboren wäre, wäre ich dann ein anderes Kind?
- ☐ Können Pflanzen glücklich sein?
- ☐ Sind manche Menschen wichtiger als andere?

Meine Gedanken:

____

____

____

____

5 Schreibe ein kurzfristiges und ein langfristiges Ziel auf.
Überlege dir anschließend, wie du die beiden Ziele erreichen könntest.

Kurzfristiges Ziel: ______________________________

So möchte ich dieses Ziel erreichen: ______________________

____

Langfristiges Ziel: ______________________________

So möchte ich dieses Ziel erreichen: ______________________

____

Du hast ☐ von 22 Antworten richtig.

Zeit – mit wem ich sie verbringe und was ich am liebsten tue

Manchmal bist du vielleicht froh, wenn du für dich allein sein kannst. Aber du wirst bestimmt auch gern deine Zeit mit anderen verbringen – deiner Familie, deinen Freunden oder auch deinem Haustier.

1 Jeder Mensch hat einen anderen Tagesablauf. Wie sieht dein Tag aus? Trage in Stichworten ein.

Morgens: ______________________

Mittags: ______________________

Abends: ______________________

2 Überlege, warum es wichtig ist, seine Zeit gut zu organisieren.

3 Alle haben Hobbys, die ihnen Freude bereiten.
Nenne dein Lieblingshobby und beschreibe, warum du es gern machst.

4 Womit verbringst du in deiner Freizeit die meiste Zeit? Beschrifte dafür das Diagramm wie in der Sprechblase. Das Beispiel von Alea kann dir helfen.

„Die meiste Zeit spiele ich Handball, danach kommt das Treffen mit Freundinnen und Freunden, anschließend das Lesen und das Spielen an der Konsole."

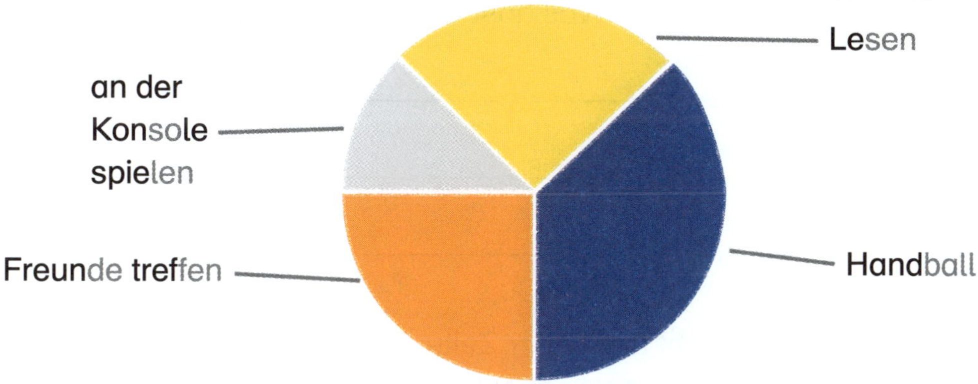

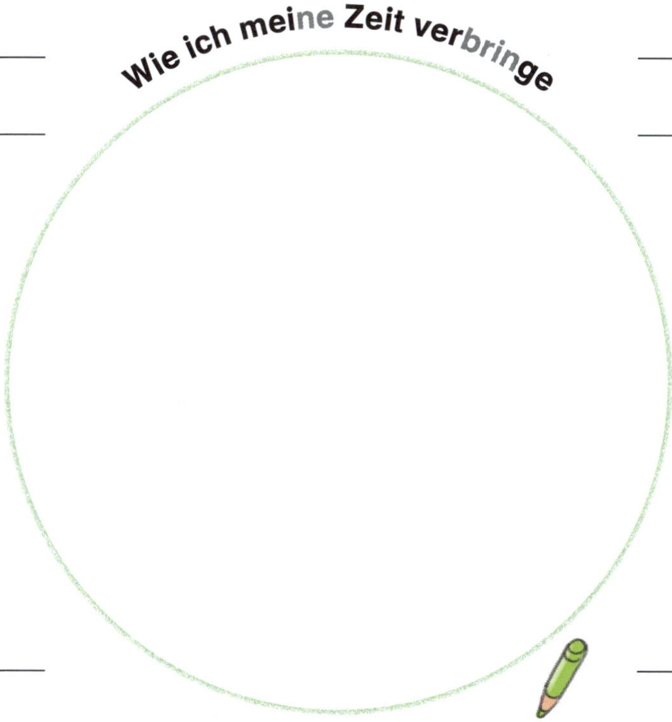

Zeit – und wie sie vergeht

Das Wahrnehmen von Zeit ist individuell. Denn wie wir sie erleben, kann sehr unterschiedlich sein. Vielleicht ist dir das auch schon einmal aufgefallen?

1 Stoppe die Zeit für eine Minute und bleibe dabei <u>still</u> auf deinem Stuhl sitzen. Wie lang oder kurz hat sich die Minute für dich angefühlt? Kam sie dir lang vor? Was hast du noch gefühlt? Schreibe auf.

____

____

____

2 Manchmal täuscht uns unser Zeitgefühl. Dann haben wir das Gefühl, dass die Zeit besonders schnell oder langsam vergeht. Finde Beispiele.

Die Zeit vergeht schnell, wenn ich ______________________________

____

Die Zeit vergeht langsam, wenn ich ______________________________

____

3 Vergleiche die Aktivitäten miteinander. Bei welchen vergeht für dich die Zeit schneller oder langsamer? Setze > für links schneller, rechts langsamer oder < für rechts schneller, links langsamer ein.

fünf Minuten lesen	☐	fünf Minuten malen
eine Stunde Mathematikunterricht	☐	eine Stunde Sport treiben
30 Minuten fernsehen	☐	30 Minuten im Auto mitfahren
20 Minuten aufräumen	☐	20 Minuten Trampolinspringen

4 Warum ist Zeit wertvoll? Schreibe in Stichworten.

____

____

____

5 Was empfindest du als verschwendete Zeit? Schreibe in Stichworten.

____

____

6 Vergleiche die Tagesabläufe von Ahmad und Sima.
Welcher Tagesplan ist besser? Kreuze an und begründe deine Wahl.

Nach der Schule habe ich erstmal gezockt und danach noch schnell meine Hausaufgaben gemacht. Hoffentlich habe ich nichts vergessen.

☐

☐

Nach der Schule habe ich erst für die Arbeit gelernt und dann hatte ich sogar noch Zeit, meine Lieblingsserie zu schauen.

Begründung: ____

____

7 Finde zwei Zeitfresser und schreibe in Stichworten, was du gegen sie tun kannst.

____

____

Ist es manchmal gut, etwas zu tun, worauf man keine Lust hat?

Es gibt Dinge, die machen wir gern. Auf andere würden wir gern verzichten. Dann fragen wir uns oft: „Kann ich das nicht einfach sein lassen?“

1 Lies dir die Liste von Aktivitäten durch. Sortiere sie anschließend nach ihrer Wichtigkeit, indem du sie nummerierst.

☐ Hausaufgaben machen	☐ lernen
☐ lesen	☐ Spielekonsole spielen
☐ im Garten spielen	☐ Freund oder Freundin treffen
☐ Fernsehen schauen	☐ Zimmer aufräumen

2 Schreibe auf: Was hast du schon gemacht, worauf du keine Lust hattest?

____

____

3 Überlege, warum bestimmte Aufgaben wichtiger sind als andere und es deshalb manchmal besser ist, etwas zu tun, worauf man keine Lust hat.

____

____

4 Wie entscheidet man, was zuerst erledigt werden muss?

____

____

5 Wie würdest du dich entscheiden? Schreibe in Stichworten.

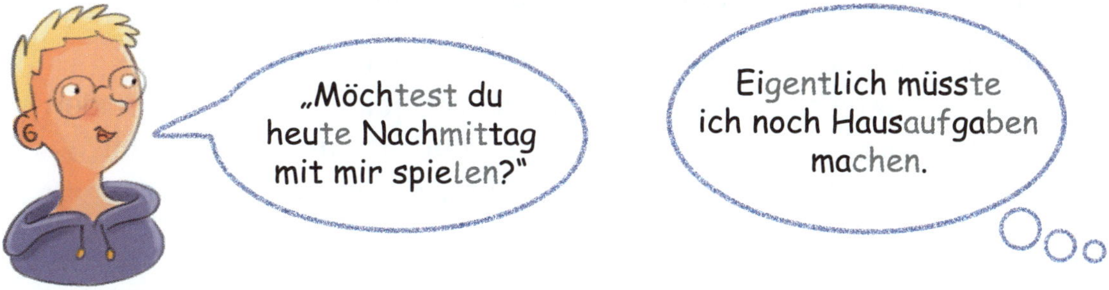

Meine Entscheidung: ____

Meine Begründung: ____

____

Meine Entscheidung: ____

Meine Begründung: ____

____

Meine Entscheidung: ____

Meine Begründung: ____

____

Zeit – sie verändert mich, meine Träume und Wünsche

Die Zeit bleibt niemals stehen. Wenn du dir ein altes Foto von dir anschaust, wirst du merken, wie sehr du dich seitdem wieder verändert hast. Aber nicht nur dein Aussehen verändert sich mit der Zeit – oft ändern sich auch unsere Träume und Wünsche mit dem Alter.

1 Erstelle eine Zeitleiste deiner eigenen Wünsche und Träume. Beginne mit einem Wunsch, den du hattest, als du jünger warst, und arbeite dich bis zu deinen aktuellen Wünschen vor. Überlege dir auch Wünsche für die Zukunft.

bis 3 Jahre **Kindergarten** **Grundschule**

______________ ______________ ______________

______________ ______________ ______________

weiterführende Schule **Erwachsenenalter**

______________ ______________

______________ ______________

2 Schau dir deine Wünsche aus **1** noch einmal an. Denke über Gründe nach, warum sich deine Wünsche mit der Zeit geändert haben. Schreibe auf.

____

____

____

Das Übungsheft Mathematik 4

Denk- und Rechentraining

Mit dem Übungsheft Mathematik 4 werden die Grundlagen für Mathematik auf optimale Weise trainiert.

- Produktives Üben mit System: abwechslungsreich und motivierend
- Konzentration: Rechentraining = Denktraining
- Rechenwege + Rechentricks für komplexere Lösungswege
- Die Rätselseiten: die Lieblingsseiten der Kinder
- Rechenmeister – Lernstandsüberprüfung
- Aufgaben aus den Bereichen Geometrie und Sachrechnen
- Differenzierung: Knobelaufgaben
- Sticker-Belohnungssystem

Das Übungsheft Mathematik 4

14,8 x 22 cm, 84 S., vierf., Gh, mit Stickerbogen, Lösungsheft (24 S.), mit Lernsoftware online
ISBN 978-3-619-45454-9, Bestell-Nr. 4504-54

www.mildenberger-verlag.de/186

Das Übungsheft Deutsch 4

Rechtschreib- und Grammatiktraining

Das Übungsheft Deutsch ist die ideale Trainingsbegleitung im Fach Deutsch. Selbstständig können die Kinder die wichtigsten Inhalte der 3. Klasse üben.

- in sich abgeschlossene, kleine, motivierende Lern -und Übungsportionen
- beiliegendes Lösungsheft zur Selbstkontrolle
- Deutschmeister-Seiten fragen das zuvor Erarbeitete ab
- Deutsch-Bonbon-Seiten bringen zusätzlichen Spaß
- lehrwerksunabhängig oder in Verbindung mit **ABC der Tiere** einsetzbar
- mit Sticker-Belohnungssystem

Das Übungsheft Deutsch 4

17 x 24 cm, 64 S., vierf., Gh,
mit Stickerbogen und Lösungsheft
ISBN 978-3-619-44170-9, Bestell-Nr. 4401-70

www.mildenberger-verlag.de/190

Das Übungsheft Musik 3/4

Klänge, Instrumente, Komponisten

Das Übungsheft Musik widmet sich 3 Themenschwerpunkten, die für die Jahrgangsstufen der Klasse 3 und 4 von hoher Bedeutung sind: Notenlehre, Instrumentenkunde und Komponisten.

Mithilfe von abwechslungsreichen Aufgabenstellungen üben die Kinder u. a.:

- Rhythmusbausteine zu klatschen und zuzuordnen
- Rhythmen und Melodien zu erfinden
- Instrumente in Gruppen einzuordnen und zu unterscheiden
- repräsentative Werke von bekannten Komponisten kennenzulernen

Das Übungsheft Musik 3/4

17 x 24 cm, 64 S., vierf., Gh,
mit Stickerbogen, Lösungsheft (16 S.) und Audio-CD
ISBN 978-3-619-37289-8, Bestell-Nr. 3702-89

www.mildenberger-verlag.de/799

4 5 6 7 8
9 10 11 12 13
16 17 18 19 20
21 22 23 26 27
28 29 30 31 32
33 36 37 38 39
40 41 42 43 46
47 48 49 50 51
52 53 56 57 58

Philosophieren – was ist das und wie macht man das?

Du hast bestimmt schon einmal philosophiert, ohne es bemerkt zu haben. In der Philosophie geht es darum, Fragen zu stellen. Aber keine Fragen wie „Was ergibt 5 mal 8?“ oder „Worin unterscheiden sich Katzen von Hunden?“. Stattdessen stellt man dabei Fragen wie „Was ist Liebe?“ oder „Ist es okay, Tiere zu essen?“. Das Großartige, aber auch Schwierige an diesen philosophischen Fragen ist, dass es keine genauen oder richtigen Antworten darauf gibt. Jeder Mensch kann sich dazu seine eigenen Gedanken machen und einer Begründung zustimmen oder nicht.

Doch was hat Philosophie nun mit deinem Leben zu tun?

Philosophie kann dabei helfen, alles besser zu verstehen: uns Menschen, unser Leben und die Welt. Indem sich Menschen immer wieder philosophische Fragen stellen und sich austauschen, können neue Ideen entstehen. Außerdem kannst du viel über dich lernen, wenn du dich zum Beispiel fragst „Wer bin ich?“ oder „Was ist mir wichtig im Leben?“.

Philosophieren mit dem Fünf-Finger-Modell

Deine Hand kann dir dabei helfen, zu einem Thema die philosophischen Fragen zu stellen. Mit jedem Finger stellst du dir bestimmte Fragen zu einem Thema.

Dafür- und dagegensprechen
Was spricht dafür, was dagegen?
Was überzeugt mich mehr?

Sich hineinversetzen
Was denken andere?
Wie ist etwas gemeint?
Wie kam es dazu?

Einzelheiten klären und erforschen
Was genau bedeutet das?
Aus welchen Einzelteilen ist es aufgebaut?
Wie kam es dazu?

Fantasieren und weiterdenken
Was wäre, wenn…? Was könnte passieren?
Könnte es auch ganz anders sein?

Genau hinschauen
Was sehe ich?

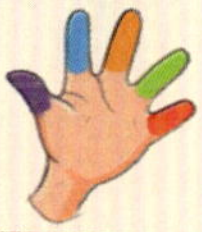

Erster Finger: Genau hinschauen

Beim ersten Finger beschäftigst du dich mit diesen Fragen:

Was sehe ich?

Was ist das?

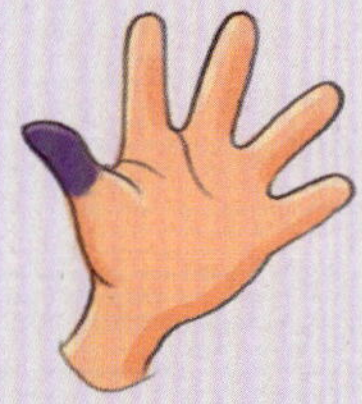

Bei dem ersten Finger geht es also immer darum, etwas genau zu betrachten und zu beschreiben. Wichtig ist dabei, dass du nur das, was du siehst, beschreibst. Du bewertest also nicht, indem du zum Beispiel sagst, wie du das Gesehene findest. Auch erfindest du nichts dazu, was du nicht siehst.

1 Schau dir das Bild an und beschreibe es.

Das Kind links hat braune Haare und trägt ein rotes T-Shirt, eine kurze, grüne Hose sowie weiße Schuhe. Es hält einen Fußball in den Händen. Das Kind rechts verschränkt die Arme, hat blonde, lockige Haare, trägt ein lila T-Shirt, eine gelbe, lange Hose und blau-weiße Schuhe sowie eine Kette.

2 Lies die folgende Beschreibung des Bildes von oben durch. Streiche alle Sätze durch, die nicht zum ersten Finger gehören. Schreibe den Text anschließend noch einmal richtig auf.

Der Junge und das Mädchen streiten sich, weil der Junge das Mädchen möglicherweise nicht beim Spiel mitmachen lassen wollte. Der Junge trägt eine grüne Hose und ein rotes T-Shirt, da das bestimmt seine Lieblingsfarben sind. Das Mädchen hat blonde Locken und trägt eine Kette, die ihr vielleicht ihre Mama geschenkt hat.

Der Junge und das Mädchen streiten sich. Der Junge trägt eine grüne Hose und ein rotes T-Shirt. Das Mädchen hat blonde Locken und trägt eine Kette.

Zweiter Finger: Einzelheiten klären und erforschen

Beim zweiten Finger beschäftigst du dich mit diesen Fragen:

Was genau bedeutet das?

Aus welchen Einzelheiten ist es aufgebaut?

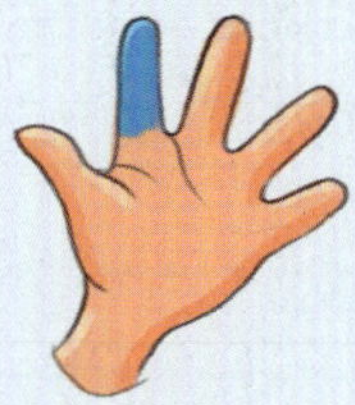

Bei dem zweiten Finger wirst du zum Forscher oder zur Forscherin: Es geht bei diesem Finger immer darum, dass du etwas Ganzes in seine Einzelteile zerlegst und es genauer erforschst. So kannst du dir einen genaueren Überblick verschaffen und weitere Entscheidungen treffen. Du versuchst dabei, zu verstehen, was du siehst.

Das Übungsheft Ethik 4 – Lösungen (Seite 8 – 11)

1 Was gehört für dich alles zum Thema „Freundschaft“? Erstelle eine Mindmap und schreibe in Stichworten auf.

Freundschaft

- Vertrauen
- Gemeinsamkeiten
- oft Zeit füreinander
- Ehrlichkeit
- nie belügen

2 Lies dir durch, was Katharina unter „Freundschaft“ versteht. Schreibe Gemeinsamkeiten und Unterschiede zu deiner Mindmap in die Tabelle.

Gemeinsamkeiten	Unterschiede
Ehrlichkeit	oft Zeit füreinander
Vertrauen	nie belügen
Gemeinsamkeiten	

Dritter Finger: Dafür- und dagegensprechen

Beim dritten Finger beschäftigst du dich mit den Fragen:

Was spricht dafür? Und was dagegen?

Was überzeugt mich mehr?

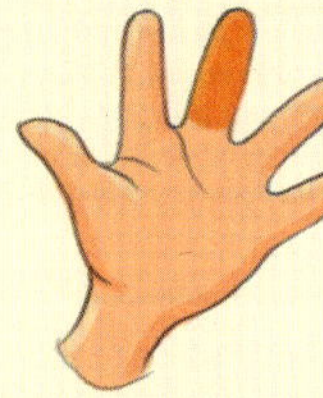

Bei dem dritten Finger beschäftigst du dich mit den Argumenten zu einem Thema. Dabei prüfst du diese darauf, ob du der gleichen Meinung bist. Danach entscheidest du dich dafür oder dagegen. Im Anschluss versuchst du zu beurteilen, ob die Entscheidung die richtige war.

1 Finde Gründe dafür, dass auch Jungen lila und rosa Kleidung tragen dürfen.

Mädchen und Jungen haben die gleichen Rechte. Man darf die Farben tragen, die einem persönlich am besten gefallen.

2 Finde Gründe dagegen, dass Jungen lila und rosa Kleidung tragen sollten.

Leider gibt es noch Menschen, die denken, dass die Farben Rosa oder Lila für Mädchen sind. Wenn ein Junge diese Farben trägt, könnten andere komisch schauen. Das könnte sehr verletzend sein.

3 Was ist deine Meinung? Begründe.

Ich finde, Jungen sollten die Farben tragen, die ihnen gefallen. Dabei ist es egal, ob die Farbe häufiger von Mädchen getragen wird als von Jungen. Es ist dabei auch egal, ob das anderen gefällt oder nicht. Die anderen dürfen ja auch tragen, was sie wollen.

Vierter Finger: Sich hineinversetzen

Beim vierten Finger beschäftigst du dich mit diesen Fragen:

Was denken andere?

Wie ist etwas gemeint?

Wie kam es dazu?

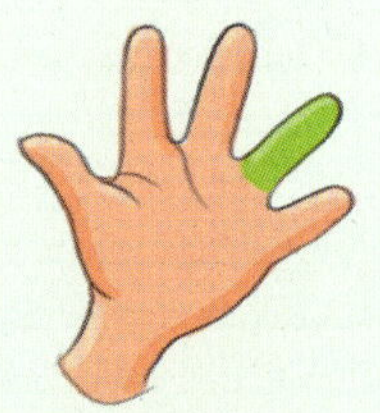

Bei dem vierten Finger versuchst du dich in eine andere Person hineinzuversetzen. Dabei versuchst du zum Beispiel die Gefühle oder Gründe der Person zu verstehen. Danach kann es durchaus sein, dass du manches vielleicht anders siehst.

1 Malte und Ivana haben mitbekommen, dass Nuri zum ersten Mal ihre Periode hatte. Nun amüsieren sie sich darüber.
Was denkst du: Wie fühlt sich Nuri? Begründe.

Nuris Periode ist ihre Sache und geht die anderen Kinder nichts an. Nuri fühlt sich unfair behandelt und vielleicht ist es ihr peinlich, weil andere über ihre Angelegenheit sprechen und sogar lachen.

2 Nuri beschwert sich bei ihrer Klassenlehrerin über das Verhalten von Malte und Ivana. Wie fühlen sich die beiden nun? Schreibe auf.

„Ich habe Frau Zehmann gesagt, dass ihr euch über mich lustig macht!"

Es war keine gute Idee, über Nuris Periode zu lachen. Das Auslachen würde uns ja auch nicht gefallen.

Fünfter Finger: Fantasieren und weiterdenken

Beim fünften Finger beschäftigst du dich mit den Fragen:

Was wäre, wenn …?
Was könnte passieren?

Könnte es auch ganz anders sein?

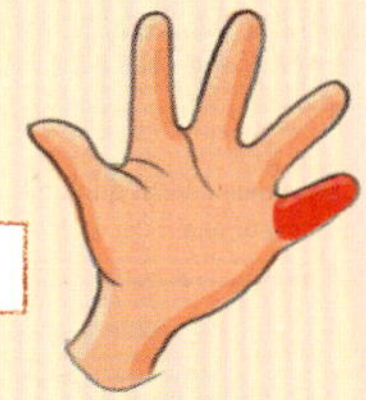

Bei dem fünften Finger sind deine Fantasie und Kreativität gefragt, indem du über Alternativen nachdenkst. Hierbei sind dir keine Grenzen gesetzt, denn es gibt kein Richtig oder Falsch.

„Wenn ich einen Tag lang jemand anderes sein könnte, wäre ich gern ein Junge, denn dann dürfte ich in die Schule gehen."

1 Stell dir vor, du könntest einen Tag lang jemand anderes sein.
Wer wärst du gern und warum?

Ich wäre gern ein kluger Wissenschaftler. Dann wäre vieles leichter als jetzt und mir würden für viele Probleme sofort Lösungen einfallen.

Der 1. Ethikmeister

20 min

Auf den folgenden beiden Seiten kannst du überprüfen, wie gut du das Kapitel „Philosophieren mit dem Fünf-Finger-Modell" verstanden hast.

1 Stimmen die Aussagen oder nicht? Kreuze an.

	Stimmt	Stimmt nicht
Philosophie kann dabei helfen, alles besser zu verstehen.	☒	☐
Nur die Wissenschaft darf sich Gedanken über philosophische Fragen machen.	☐	☒
„Ist es okay, Tiere zu essen?" ist eine philosophische Frage.	☒	☐
Das „Fünf-Finger-Modell" kann nicht helfen, die richtigen Fragen zu einem philosophischen Thema zu stellen.	☐	☒
Einzelheiten klären und erforschen ist ein Teil des „Fünf-Finger-Modells"	☒	☐

2 Ordne die Fragen den passenden Fingern zu.
Male dazu die Fragen in der entsprechenden Farbe an.

Fragen	Finger
Was genau bedeutet das? Aus welchen Einzelheiten besteht es?	Dafür- und dagegensprechen
Was wäre, wenn…? Was könnte passieren?	Einzelheiten klären und erforschen
Was sehe ich? Was ist das?	Sich hineinversetzen
Was spricht dafür und dagegen? Was überzeugt mich mehr?	Fantasieren und weiterdenken
Was denken andere? Wie ist es gemeint? Wie kam es dazu?	Genau hinschauen

3 Lies die Sätze in der linken Spalte. Streiche den falschen Kasten durch.

Wenn ich jemand anderes sein könnte, dann wäre ich….	Fantasieren und weiterdenken	~~Genau hinschauen~~
Was verbindest du mit dem Wort „Liebe"?	Einzelheiten klären und erforschen	~~Dafür- und dagegensprechen~~
Dürfen Jungen Schmuck tragen?	~~Sich hineinversetzen~~	Dafür- und dagegensprechen
Wie könnte sich Jason fühlen, weil sein Hund eingeschläfert werden musste?	Sich hineinversetzen	~~Genau hinschauen~~

4 Wie heißt der Finger, zu dem die jeweilige Aufgabe gehört? Ergänze.

Beispielaufgabe	Name des Fingers
Entscheide, ob es schlimm ist, die eigenen Eltern anzulügen.	Dafür- und dagegensprechen
Stell dir vor, du könntest etwas in der Schule verändern – was wäre es?	Fantasieren und weiterdenken
Beschreibe den Gesichtsausdruck der Person ganz genau.	Genau hinschauen
Was versteht man unter dem Spruch „Zeit ist Geld"?	Einzelheiten klären, erforschen
Was könnte Nadine sich dabei gedacht haben?	Sich hineinversetzen

Du hast ___ von 19 Antworten richtig.

Mein einzigartiges Ich

Einzigartig zu sein bedeutet, dass jeder Mensch auf dieser Welt anders ist und Eigenschaften hat, die ihn von anderen unterscheiden. Das heißt, dass du etwas Besonderes bist, weil es niemanden gibt, der genau so ist wie du.

1 Male dich selbst. Schreibe dann in Stichworten einige deiner einzigartigen Eigenschaften und Talente rechts neben das Bild.

(individuelle Lösung)

2 Warum ist es wichtig, die eigene Einzigartigkeit zu erkennen und zu schätzen? Begründe.

Die eigene Einzigartigkeit zu erkennen hilft dabei, sich zu entfalten und seine Stärken zu begreifen sowie richtig einzusetzen. Die Kenntnis der eigenen Schwächen macht es leichter, an ihnen zu arbeiten. (Beispiellösung)

3 Finde drei Beispiele, wie Vielfalt in deiner Umgebung das Leben interessanter und wertvoller macht.

1. Durch die Vielfalt beim Essen lerne ich immer wieder neue, leckere Speisen kennen.
2. Durch Vielfalt lerne ich etwas über mich selbst, Gemeinsamkeiten, Beweggründe und Kulturen.
3. Durch Vielfalt lerne ich neue Perspektiven kennen und mit Unbekanntem umzugehen. (Beispiellösung)

4 Mutmacher-Brief: Schreibe einen Brief an dich selbst, in dem du deine Stärken und Talente nennst und dich selbst ermutigst.

(individuelle Lösung)

Was ich will

Was wir wollen, kann darin unterschieden werden, was wir uns wünschen (Wunsch) oder was wir brauchen (Bedürfnis). Ein Wunsch ist etwas, das wir gerne hätten oder erreichen möchten, aber nicht unbedingt benötigen. Ein Bedürfnis hingegen ist etwas, das man unbedingt braucht, um zu überleben.

1 Ordne die Begriffe aus dem Kasten passend zu. Finde jeweils zwei weitere Beispiele.

Schlaf | Haustiere | Ferien | Spielzeug | medizinische Versorgung | Kleidung

Bedürfnisse: Schlaf, medizinische Versorgung, Kleidung (Nahrung, Luft)

Wünsche: Haustiere, Spielzeug, Ferien (Gesundheit, Erfolg)

(Beispiellösung)

2 Sortiere die folgenden Wünsche und Bedürfnisse danach, wie wichtig sie dir sind. Schreibe dazu Ziffern von 1 bis 8 in die Kästchen.

☐ Kleidung ☐ eigenes Zimmer ☐ Roller ☐ Spielzeug
☐ Bett ☐ Essen und Trinken ☐ Smartphone ☐ Liebe

(individuelle Lösung)

3 Wie würdest du dich fühlen, wenn ein Wunsch von dir unerfüllt bleibt? Begründe.

Das ärgert mich nicht, denn nicht alle Wünsche können in Erfüllung gehen. (Beispiellösung)

4 Wie würdest du dich fühlen, wenn ein Bedürfnis von dir nicht erfüllt werden würde? Begründe.

Das könnte mich unglücklich machen und sogar gefährlich sein, wenn man zum Beispiel kein Wasser oder Essen hat.

5 Erstelle deine eigene Wunschtafel. Denke dazu darüber nach, was du dir wünschst und welche Ziele du hast. Das können Dinge sein, die du gern hättest, Orte, die du gern besuchen möchtest oder Fähigkeiten, die du gern entwickeln möchtest. Befülle ein weiteres Kästchen.

Du kannst deine Wunschtafel auch auf einem extra Blatt anfertigen und dann in deinem Zimmer als Motivation aufhängen.

Meine Wunschtafel

- **Familie:** einen Bruder, irgendwann eine eigene Familie haben
- **Schule/Beruf:** gute Noten, später einen tollen Job bekommen
- **Freundschaft:** viele Freunde, anhaltende Freundschaften
- Liebe: später mal in einer glücklichen Partnerschaft leben
- **Freizeit/Hobby:** genug Freizeit, gut Tischtennis spielen, Fahrrad

(Beispiellösung)

Wovon ich träume – was ich mir wünsche

Ein Traum ist etwas, das wir uns in unserer Fantasie vorstellen. Wir träumen oft von Dingen, die vermutlich nie passieren werden. Ein Wunsch hingegen ist etwas, das wir wirklich haben oder erleben wollen. Wünsche sind meist etwas Mögliches und wir können versuchen, sie wahr werden zu lassen. Träume und Wünsche unterscheiden sich also in der Möglichkeit ihrer Erfüllung.

1 Was glaubst du: Warum sind Wünsche und Träume für uns so wichtig? Kreuze die Antworten an, denen du zustimmst. Ergänze auch einen eigenen Grund.

Wir haben Wünsche und Träume, weil …

- [ ] … uns langweilig ist.
- [x] … wir uns damit Ziele im Leben setzen.
- [x] … uns etwas fehlt.
- [x] … wir auf der Suche nach dem Glück sind.
- [x] … uns Wünsche und Träume zum Handeln antreiben.
- [x] … uns so bei Entscheidungen geholfen wird.

2 Stell dir vor, es gäbe eine Maschine, die jeden Wunsch erkennt und dann erfüllen kann. Wie könnte sie dem jeweiligen Kind helfen? Schreibe mögliche Lösungen auf.

1. Sina: „Manchmal fühle ich mich allein."
   Sie könnte dem Kind manchmal Freunde erschaffen.
2. Matheo: „Meine Katze musste gestern zum Tierarzt, weil sie krank ist."
   Sie könnte die Katze heilen und Medizin besorgen.
3. Talia: „Ich habe große Angst vor dem Referat."
   Sie könnte dem Kind die Angst nehmen. (Beispiellösung)

3 Was ist dein größter Wunsch? Begründe, warum dieser Wunsch so wichtig für dich ist und wie du ihn erreichen könntest.

Mein größter Wunsch: ______

Dieser Wunsch ist mir wichtig, weil ______

Ich könnte meinen größten Wunsch erreichen, indem ______

(individuelle Lösung)

4 Schreibe eine Liste mit drei Wünschen, die du für andere Menschen hast – zum Beispiel für deine Familie, Freunde oder alle Menschen.

1. Gesundheit für meine Eltern
2. Alle Kinder der Erde sollen lesen können.
3. Genug Nahrung für alle Menschen auf der Erde

5 Menschen haben in verschiedenen Kulturen oft unterschiedliche Wünsche, die von ihren Erfahrungen beeinflusst werden. Was denkst du – was wünschen sich die Kinder? Schreibe in die Sprechblasen.

In Burundi gibt es viel Armut.

Ich wünsche mir mehr Nahrung und besseren Zugang zu Bildung.

Ich wünsche mir Frieden auf der Erde und dass es allen gut geht.

Luxemburg ist ein reiches Land.

So viele Fragen – und manchmal keine einfache Antwort

Wir stellen uns im Laufe unseres Lebens viele Fragen. Manche davon sind leicht zu beantworten, andere nicht. Während sich die leichteren Fragen oft auf alltägliche Situationen beziehen, gibt es schwierige Fragen (große Fragen), die schwer zu beantworten sind und über die sich selbst die größten Denker und Denkerinnen der Welt noch heute die Köpfe zerbrechen. Selbst die Wissenschaft kann auf viele davon keine eindeutige Antwort liefern. Wichtig bei allen Fragen ist jedoch, dass du dir immer deine eigenen Gedanken dazu machen solltest. Es ist nicht alles so, wie es uns auf den ersten Blick erscheint. Außerdem können sich selbst die klügsten Menschen einmal irren!

1 In unserem Leben stellen wir uns kleine und große Fragen. Schreibe jeweils eine für dich kleine und eine große Frage auf.

Kleine Frage: Wie hoch ist der Eiffelturm?

Große Frage: Wie viele Sterne gibt es im Universum?

2 Was denkst du: Ist die Wirklichkeit wirklich immer so, wie man sie sieht?

- [x] Ja, ich kann immer meinen Augen trauen.
- [ ] Nein, meine Augen haben mich schon einmal getäuscht.

3 Schau dir das Bild an. Was siehst du?

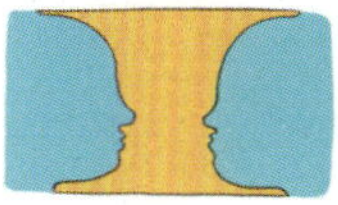

Du hast die optische Täuschung erkannt. Würdest du nun deine Antwort bei **2** ändern wollen?
- [x] Ja
- [ ] Nein

4 Welche Fragen lassen sich leichter beantworten (kleine Fragen) und bei welchen fällt es dir schwerer, eine eindeutige Antwort zu finden (große Frage)?

	kleine Frage	große Frage
Warum vergeht die Zeit für uns selbst manchmal langsam und manchmal schnell?	X	
Können Tiere Pläne für ihre Zukunft schmieden?		X
Kann man zum Mond fliegen?	X	
Haben Pflanzen Gefühle?		X
Warum sollen wir uns die Zähne putzen?	X	
Warum fliegt ein Vogel?	X	
Warum leben Menschen?		X
Hört Gott zu, wenn wir beten?		X
Wer hat sich die Welt ausgedacht?		X

5 Lies dir die folgenden großen Fragen durch. Suche dir eine aus und versuche sie für dich zu beantworten. Begründe deine Meinung.

1. Ist ein Hund wertvoller als ein Huhn?
2. Sind einige Menschen wichtiger als andere?
3. Gibt es Situationen, in denen Menschen anderen Menschen wehtun dürfen?
4. Muss man immer die Wahrheit sagen?

Diese Frage habe ich mir ausgesucht: Nr. 3

Meine Antwort: In sehr seltenen Fällen dürfen Menschen einem anderen Menschen wehtun, zum Beispiel dann, wenn man das eigene Leben schützen muss.

Der 2. Ethikmeister

20 min

1 Was denkst du: Können Menschen wunschlos glücklich sein? Begründe.

Menschen können nie wunschlos glücklich sein, denn es wird immer etwas geben, was man sich für die Zukunft wünscht.

2 Lies dir die Aussagen durch. Entscheide, ob sie stimmen (Haken) oder nicht (Kreuz).

Wenn ich sage, dass ich wunschlos glücklich bin, dann …

- ☑ … bin ich gerade sehr zufrieden.
- ☑ … empfinde ich Dankbarkeit.
- ☒ … bin ich auf andere neidisch.
- ☒ … brauche ich immer etwas Neues.
- ☑ … fehlt es mir gerade an nichts.

3 Lies dir die Wünsche durch.
Streiche die Wünsche durch, die nicht erfüllbar sind.

- besser in der Schule sein
- Streitereien beenden können
- ~~in die Zukunft schauen können~~
- eine andere Sprache sprechen können
- ~~die Zeit anhalten können~~
- Schnee an Weihnachten
- ein Haustier bekommen
- einen Fernseher im Zimmer haben
- länger wach bleiben dürfen
- ~~unsterblich sein~~

(Beispiellösung)

4 Welche dieser Fragen interessiert dich am meisten?
Kreuze an und schreibe deine Gedanken dazu auf.

- ☐ Was ist der Unterschied zwischen Fantasie und Wirklichkeit?
- ☒ Wenn ich in einem anderen Land geboren wäre, wäre ich dann ein anderes Kind?
- ☐ Können Pflanzen glücklich sein?
- ☐ Sind manche Menschen wichtiger als andere?

Meine Gedanken:

Wenn ich in einem anderen Land geboren wäre, wäre ich vielleicht ein anderes Kind, denn ich würde andere Erfahrungen machen und meine Erfahrungen beeinflussen mein Verhalten und meinen Charakter.

5 Schreibe ein kurzfristiges und ein langfristiges Ziel auf.
Überlege dir anschließend, wie du die beiden Ziele erreichen könntest.

Kurzfristiges Ziel: besser werden in Mathematik

So möchte ich dieses Ziel erreichen: Ich übe häufiger und regelmäßiger.

Langfristiges Ziel: ein bisschen sportlicher werden

So möchte ich dieses Ziel erreichen: Ich treibe in meiner Freizeit mehr Sport oder gehe in einen Verein.

Du hast ☐ von 22 Antworten richtig. (Beispiellösung)

Zeit – mit wem ich sie verbringe und was ich am liebsten tue

Manchmal bist du vielleicht froh, wenn du für dich allein sein kannst. Aber du wirst bestimmt auch gern deine Zeit mit anderen verbringen – deiner Familie, deinen Freunden oder auch deinem Haustier.

1 Jeder Mensch hat einen anderen Tagesablauf. Wie sieht dein Tag aus?
Trage in Stichworten ein.

Morgens: aufstehen, duschen, frühstücken, Zähne putzen, anziehen, zur Schule gehen

Mittags: von der Schule kommen, Mittagessen, Hausaufgaben machen, Freunde treffen

Abends: Sport, Abendessen, ein Buch lesen oder fernsehen, mich fürs Bett vorbereiten, schlafen

2 Überlege, warum es wichtig ist, seine Zeit gut zu organisieren.

Man muss den Tag gut organisieren, weil dann keine Langeweile aufkommt und auch keine Hetze.

3 Alle haben Hobbys, die ihnen Freude bereiten.
Nenne dein Lieblingshobby und beschreibe, warum du es gern machst.

Mein Hobby ist Tischtennis spielen. Ich mag es, weil es nur zwei Personen braucht und es an sehr vielen Orten Tischtennisplatten gibt.

4 Womit verbringst du in deiner Freizeit die meiste Zeit?
Beschrifte dafür das Diagramm wie in der Sprechblase.
Das Beispiel von Alea kann dir helfen.

„Die meiste Zeit spiele ich Handball, danach kommt das Treffen mit Freundinnen und Freunden, anschließend das Lesen und das Spielen an der Konsole."

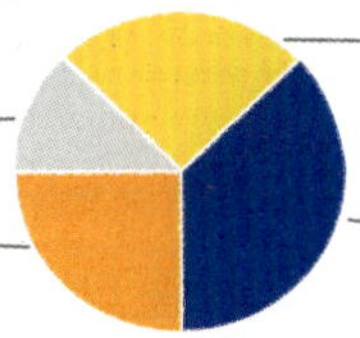

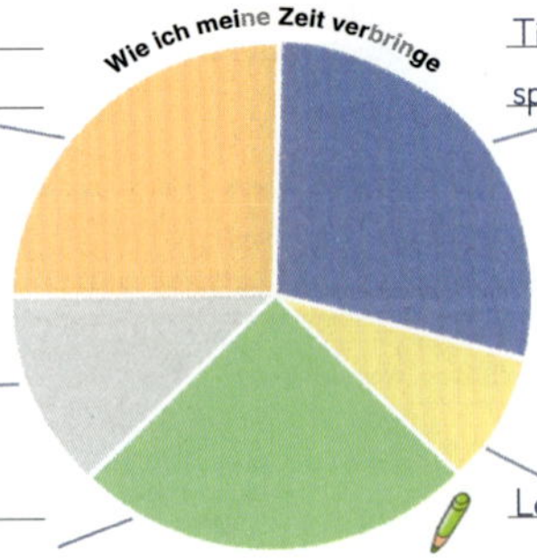

Zeit – und wie sie vergeht

Das Wahrnehmen von Zeit ist individuell. Denn wie wir sie erleben, kann sehr unterschiedlich sein. Vielleicht ist dir das auch schon einmal aufgefallen?

1 Stoppe die Zeit für eine Minute und bleibe dabei still auf deinem Stuhl sitzen. Wie lang oder kurz hat sich die Minute für dich angefühlt? Kam sie dir lang vor? Was hast du noch gefühlt? Schreibe auf.

Die Minute kam mir lang vor, weil ich in dieser Zeit nur auf die Uhr geschaut habe. Das Achten auf die Zeit hat sich ein bisschen langweilig angefühlt.

2 Manchmal täuscht uns unser Zeitgefühl. Dann haben wir das Gefühl, dass die Zeit besonders schnell oder langsam vergeht. Finde Beispiele.

Die Zeit vergeht schnell, wenn ich mich mit etwas befasse, das ich nicht langweilig finde und das mir Spaß macht.

Die Zeit vergeht langsam, wenn ich nichts zu tun habe oder etwas tue, das mir keinen Spaß macht.

3 Vergleiche die Aktivitäten miteinander. Bei welchen vergeht für dich die Zeit schneller oder langsamer? Setze > für links schneller, rechts langsamer oder < für rechts schneller, links langsamer ein.

fünf Minuten lesen	>	fünf Minuten malen
eine Stunde Mathematikunterricht	<	eine Stunde Sport treiben
30 Minuten fernsehen	>	30 Minuten im Auto mitfahren
20 Minuten aufräumen	<	20 Minuten Trampolinspringen

4 Warum ist Zeit wertvoll? Schreibe in Stichworten.

Zeit ist begrenzt, denn der Tag hat nur 24 Stunden; man kann nicht alles machen, sondern muss entscheiden; darum ist Zeit wertvoll.

5 Was empfindest du als verschwendete Zeit? Schreibe in Stichworten.

etwas, das auf andere Weise schneller ginge, nicht nützlich ist und keinen Fortschritt oder Spaß bringt

6 Vergleiche die Tagesabläufe von Ahmad und Sima. Welcher Tagesplan ist besser? Kreuze an und begründe deine Wahl.

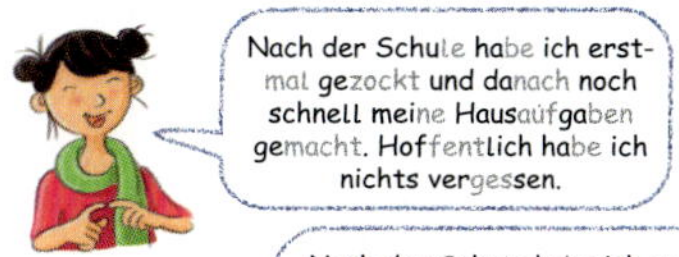

☐

☒

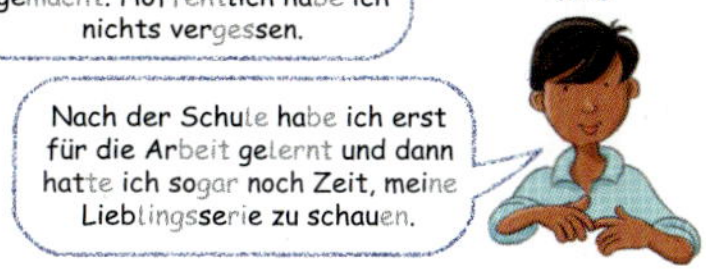

Begründung: Der Tagesplan des Jungen ist besser, denn er beginnt mit dem Wichtigsten.

7 Finde zwei Zeitfresser und schreibe in Stichworten, was du gegen sie tun kannst.

trödeln: entschlossen handeln; zu oft am Handy spielen: sich eine Zeitgrenze setzen (Beispiellösung)

Ist es manchmal gut, etwas zu tun, worauf man keine Lust hat?

Es gibt Dinge, die machen wir gern. Auf andere würden wir gern verzichten. Dann fragen wir uns oft: „Kann ich das nicht einfach sein lassen?"

1 Lies dir die Liste von Aktivitäten durch. Sortiere sie anschließend nach ihrer Wichtigkeit, indem du sie nummerierst.

2 Hausaufgaben machen	1 lernen
3 lesen	8 Spielekonsole spielen
6 im Garten spielen	4 Freund oder Freundin treffen
7 Fernsehen schauen	5 Zimmer aufräumen

2 Schreibe auf: Was hast du schon gemacht, worauf du keine Lust hattest?

auf Bus und Zug warten, früh aufstehen, Reckturnen

3 Überlege, warum bestimmte Aufgaben wichtiger sind als andere und es deshalb manchmal besser ist, etwas zu tun, worauf man keine Lust hat.

Manche Aufgaben sind wichtiger, weil sie nützlicher sind und mich mehr voranbringen als andere.

4 Wie entscheidet man, was zuerst erledigt werden muss?

am besten danach, was am dringendsten, am wichtigsten und am nützlichsten ist

5 Wie würdest du dich entscheiden? Schreibe in Stichworten.

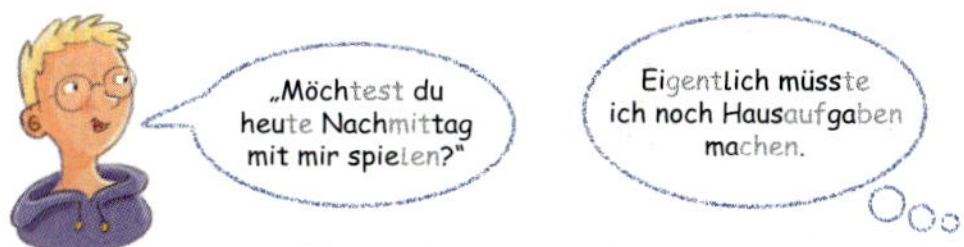

Meine Entscheidung: Hausaufgaben machen

Meine Begründung: sonst verliere ich den Anschluss und bekomme Ärger; Freunde kann ich danach treffen

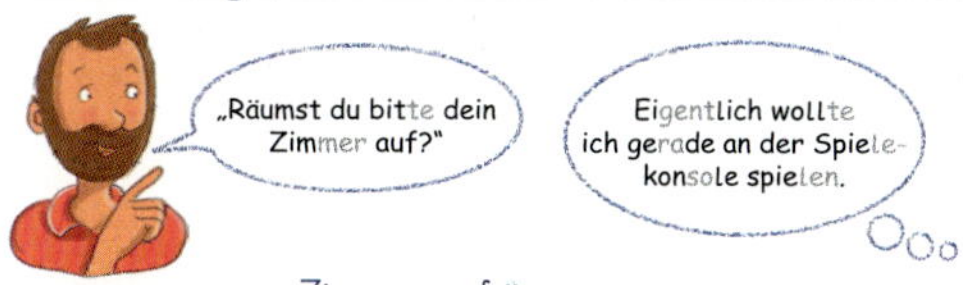

Meine Entscheidung: Zimmer aufräumen

Meine Begründung: das Zimmer sieht dann schöner aus, ich vermeide Ärger, spielen kann ich später noch

Meine Entscheidung: für die Arbeit lernen

Meine Begründung: bis zur Arbeit habe ich nur noch diesen einen Tag, den sollte ich zum Lernen nutzen

Zeit – sie verändert mich, meine Träume und Wünsche

Die Zeit bleibt niemals stehen. Wenn du dir ein altes Foto von dir anschaust, wirst du merken, wie sehr du dich seitdem wieder verändert hast. Aber nicht nur dein Aussehen verändert sich mit der Zeit – oft ändern sich auch unsere Träume und Wünsche mit dem Alter.

1 Erstelle eine Zeitleiste deiner eigenen Wünsche und Träume. Beginne mit einem Wunsch, den du hattest, als du jünger warst, und arbeite dich bis zu deinen aktuellen Wünschen vor. Überlege dir auch Wünsche für die Zukunft.

bis 3 Jahre	Kindergarten	Grundschule
bei meinen Eltern sein	oft spielen, Spaß, Fahrrad, Freunde	lernen, Freunde, Handy, Spielsachen

weiterführende Schule	Erwachsenenalter
Computer, Konsole, Roller, Erfolg, Handy	eigene Familie, toller Job, Reisen, Wohnung oder Haus

2 Schau dir deine Wünsche aus **1** noch einmal an. Denke über Gründe nach, warum sich deine Wünsche mit der Zeit geändert haben. Schreibe auf.

Prioritäten, Ziele und Ansprüche verändern sich, einige Wünsche wurden erfüllt, neue kommen auf, manche Wünsche werden verworfen

3 Wir erstellen eine Zeitkapsel: Schreibe einen Brief an dein zukünftiges Ich. Die Kästchen können dir helfen.

- Schreibe etwas über dein heutiges Ich. (z. B. Alter, Hobbys, Träume, Freundschaften, …)
- Schreibe etwas darüber, was du aktuell gerne machst.
- Schreibe etwas von deinen Träumen für die Zukunft. (z. B. Beruf, Familie, Freizeit, …)
- Stelle Fragen an dein zukünftiges Ich.

Der 3. Ethikmeister

20 min

1 Woran kann man Zeit sehen? Denke an Dinge oder Menschen. Schreibe.

Man kann die Zeit an Uhren sehen, an Bäumen, an uns Menschen, wenn wir altern oder unsere Haare wachsen und auch am Stand von Sonne und Mond.

2 Es gibt viele Sprüche zum Thema „Zeit". Suche dir ein Zitat aus. Kreuze es an und versuche zu erklären, was damit gemeint ist.

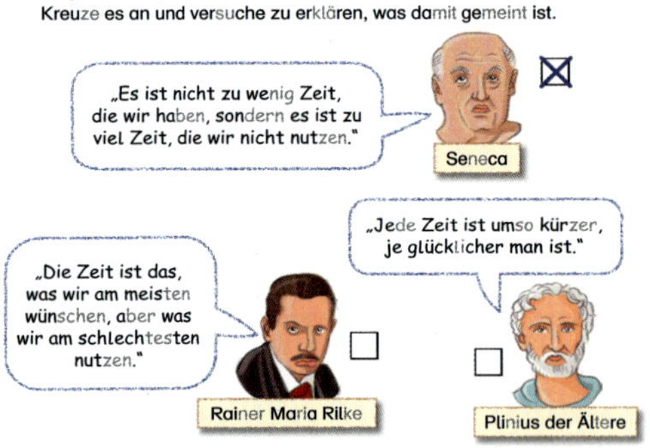

Seneca meint damit, dass wir unsere Zeit sinnvoll verbringen und nutzen sollen.
Wenn wir uns gut organisieren, reicht uns die Zeit aus, die wir zur Verfügung haben.

3 Erkläre, warum es wichtig ist, Hobbys zu haben.

Hobbys zeigen uns, was uns in der Freizeit gefällt. Sie können uns helfen, uns selbst zu verwirklichen. Manche Hobbys könnten sogar zum Beruf werden.

4 Manchmal ist es gut, über den Tag nachzudenken und sich zu erinnern, was gut und was weniger gut war. Schreibe einen kurzen Tagebucheintrag über einen Tag in deinem Leben. Was hast du gemacht und was hast du daraus gelernt?

Heute morgen habe ich verschlafen und mein Pausenbrot zu Hause vergessen. Es war peinlich, zu spät in die Klasse zu kommen und ich hatte Hunger. Damit wurde ich doppelt bestraft. Das sollte mir in Zukunft nicht mehr passieren.

5 Zeit und Veränderung: Überlege, wie sich die Zeit auf das Leben eines Menschen auswirkt. Denke dafür an eine Veränderung, die in deinem Leben passiert ist. Wie hat sich dein Alltag dadurch verändert und was hast du daraus gelernt?

Mit der Zeit verändern sich Wünsche und Träume und man gewinnt an Erfahrung. Als ich gelernt habe, Fahrrad zu fahren, konnte ich plötzlich selbstständig zu Freunden in den Nachbarort fahren.

Du hast ___ von 6 Antworten richtig.

Dilemma

Ein moralisches Dilemma ist eine Situation, die oft eine schwierige Entscheidung zwischen zwei Werten erfordert. Werte sind Regeln, die Menschen beachten sollen. Beispiele für Werte sind Ehrlichkeit, Freundlichkeit, Respekt, Fairness, Tierschutz, Umweltschutz, Rechte und vieles mehr.

Welche Wahl du auch immer bei einem Dilemma triffst, es gibt stets etwas Negatives oder einen Nachteil. Es gibt also keine perfekte Lösung und man muss immer sorgfältig überlegen, welche Option am besten ist, auch wenn sie nicht ideal ist.

1 Entscheide, ob es sich um ein Dilemma handelt. Setze ein Häkchen für „ja“ und ein Kreuz für „nein“.

☒ Emre und Can treffen sich nach der Schule, um gemeinsam den Nachmittag zu verbringen. Die beiden Jungen können sich jedoch nicht entscheiden, ob sie Karten oder Spielekonsole spielen wollen.

☑ Du darfst im Sportunterricht wählen, wer in deinem Team beim Brennball mitspielen darf. Am Ende stehen noch zwei Kinder zur Auswahl. Thilo und Mira. Beide Kinder magst du sehr gerne.

☑ Kai und Liv unterhalten sich über ein Geheimversteck. Kai sagt, dass er nach der Schule dort hingeht. Liv soll es niemandem verraten. Als Kais Eltern ihren Sohn nach der Schule abholen wollen, weiß niemand, wo Kai ist. Die Eltern sind besorgt und fragen seine beste Freundin Liv, ob sie wisse, wo Kai ist. Liv überlegt ...

☒ Angelique darf sich heute nach der Schule ein Eis holen. Doch zu welcher Eisdiele soll sie gehen? Bei der einen Eisdiele schmeckt das Vanilleeis so lecker, bei der anderen kann sie vom Schokoladeneis nicht genug bekommen.

Das Freundschaftsdilemma

Stell dir vor, dein Freund Bastian hat dir ein Geheimnis anvertraut, dass er sehr traurig ist, weil seine Eltern sich oft streiten und er Angst hat, dass sie sich trennen könnten. Er bittet dich, niemandem davon zu erzählen. Doch du merkst, dass Bastian immer trauriger wird und du denkst, dass es gut wäre, wenn ein Erwachsener, zum Beispiel eine Lehrkraft oder ein Familienmitglied, davon wüsste, um ihm zu helfen.

1 Worin besteht das Dilemma? Schreibe in die Denkblasen, welche Möglichkeiten du hättest, dich zu entscheiden.

Ich rate ihm, dass er mit jemandem darüber sprechen soll.

Ich erzähle unserer Lehrkraft davon.

Ich mische mich nicht ein und sage nichts.

2 Wie fühlt man sich, wenn man ein Dilemma lösen muss? Begründe.

Man fühlt sich nicht sehr gut, denn so sehr man auch überlegt, es gibt keine optimale Lösung. Somit muss man wählen, bei welcher Entscheidung der Schaden am geringsten ist.

3 Nenne positive und negative Folgen für jede Entscheidung, um Vor- und Nachteile für jede Option abzuwägen. Schreibe in Stichworten.

Ich erzähle seinen Eltern von meinen Beobachtungen.

Diese positiven Folgen hätte die Entscheidung: Eltern streiten sich seltener vor ihm, Bastian geht es allmählich besser

Diese negativen Folgen hätte die Entscheidung: Bastian ist zunächst sauer auf mich, vielleicht zerbricht die Freundschaft

Ich erzähle einer Lehrkraft von meinen Beobachtungen.

Diese positiven Folgen hätte die Entscheidung: Eltern streiten sich seltener, ihm geht es besser, vielleicht fremde Hilfe

Diese negativen Folgen hätte die Entscheidung: Bastian: sehr sauer, da noch mehr Leute involviert, Freundschaft in Gefahr

Ich behalte das Geheimnis für mich.

Diese positiven Folgen hätte die Entscheidung: Bastian ist nicht sauer, niemand erfährt davon, Freundschaft bleibt

Diese negativen Folgen hätte die Entscheidung: Bastian leidet weiter, Eltern streiten weiter, Situation verschlechtert sich

4 Versetze dich in Bastian. Wie würdest du dich in den Situationen fühlen?

Mein Freund erzählt meinen Eltern von seinen Beobachtungen.

So fühle ich mich: einerseits verraten, andererseits Verständnis, dass mein Freund mir helfen will

Mein Freund erzählt einer Lehrkraft von seinen Beobachtungen.

So fühle ich mich: verraten und unwohl, da nun mehr Personen Bescheid wissen, teilweise hätte ich Verständnis

Mein Freund behält das Geheimnis für sich.

So fühle ich mich: mir ginge es schlecht, da die Probleme bleiben, Gefühl der Hilflosigkeit, Verschlimmerung?

5 Wie würdest du dich entscheiden? Kreuze an und begründe.

Ich erzähle seinen Eltern von meinen Beobachtungen. ☒ Ja ☐ Nein

Meine Begründung: So wird Bastian geholfen, relativ wenig Personen erfahren davon, Freundschaft hält vielleicht

Ich erzähle einer Lehrkraft von meinen Beobachtungen. ☐ Ja ☒ Nein

Meine Begründung: Bastian wird zwar geholfen, aber es gäbe viele Mitwissende, das belastet die Freundschaft enorm

Ich behalte das Geheimnis für mich. ☐ Ja ☒ Nein

Meine Begründung: Bastian leidet so weiter, Freundschaft bleibt zwar, aber es wird vielleicht alles schlimmer

Das verschwundene Buch

Felix und Brit sind unzertrennliche Freunde. Sie lieben es, Bücher zu lesen und tauschen oft ihre Lieblingsbücher aus. Eines Tages leiht sich Brit ein Buch von Felix aus, das ihm besonders lieb ist. Es ist ein seltenes Buch, das Felix von seinem Großvater geschenkt bekommen hat.

Brit nimmt das Buch mit nach Hause und liest es in einem Rutsch durch.

Sie will es Tim am nächsten Tag zurückgeben, doch als sie in ihrem Zimmer nach dem Buch sucht, kann sie es nicht finden. Brit sucht überall, doch das Buch ist spurlos verschwunden. Sie kann sich nicht erinnern, wo sie es hingelegt hat.

Am nächsten Tag fragt Felix, ob Brit das Buch mitgebracht hat.

Brit zögert, weil sie weiß, wie viel das Buch Tim bedeutet. Was soll sie nun tun?

1 Wie könnte sich Brit entscheiden? Schreibe hier dieses Mal alle Möglichkeiten auf, die dir einfallen.

Brit ist ehrlich zu ihrem besten Freund, sie sagt es ihm und kauft ihm ein neues.

Brit bittet ihren Freund offen um einen weiteren Tag und sucht noch einmal überall.

Brit kauft ihm heimlich das Buch erneut und hofft, dass er nichts bemerkt.

Brit zögert die Rückgabe heraus und riskiert die Freundschaft.

Brit geht ihm aus dem Weg und hofft, dass er das Buch vergisst und die Freundschaft bleibt.

2 Brit befindet sich in einem Dilemma zwischen zwei Werten. Welche beiden Werte in jeder Spalte scheinen ihr wichtig zu sein, die sie in dieses Dilemma bringen? Kreuze diese an.

Ehrlichkeit	☒	Freundschaft	☒
Mitgefühl	☐	Gerechtigkeit	☐
Freiheit	☐	Treue	☐

3 Erkläre, warum es Brit schwerfällt, sich zu entscheiden.

Es fällt ihr schwer, weil sie weiß, dass Felix wegen des verlorenen Buches sauer sein wird. Sie hat Angst, dadurch ihren Freund zu verlieren. Gleichzeitig weiß sie, dass sie zu ihm ehrlich sein sollte.

4 Finde nun nur Gründe dafür und dagegen, dass Brit die Wahrheit sagt.

Brit sollte Felix gestehen, dass sie das Lieblingsbuch nicht mehr findet, weil	Brit sollte verschweigen, dass sie Felix' Lieblingsbuch nicht mehr findet, weil
sie ehrlich sein und das Buch ersetzen sollte. Ihr Freund wird ihr verzeihen.	er so nicht vom Verlust erfährt, nicht sauer ist; sie ersetzt das Buch heimlich.

5 Versetze dich in Felix. Wie antwortest du Brit? Schreibe auf.

„Es tut mir leid, Felix. Ich habe überall gesucht, aber finde dein Buch nicht mehr."

Ich bin enttäuscht, aber verzeihe dir, weil du ehrlich bist.

„Das Buch habe ich dir doch schon zurückgegeben, weißt du das nicht mehr?"

Das ist nicht wahr. Belügst du Freunde wegen eines Buches?

6 Stell dir vor, du bist Brit. Wie würdest du dich entscheiden? Warum? Begründe deine Entscheidung.

Brit sollte als Freundin ehrlich sein, ihrem Freund aber das Buch ersetzen. Vielleicht verzeiht er ihr, wenn er erkennt, dass sie ehrlich ist, es keine Absicht war und er ein neues Buch bekommt.

Der 4. Ethikmeister

20 min

Der gefundene Geldschein

Dennis und Naela sind beste Freunde und gehen fast immer zusammen zur Schule.

Dennis hörte am Wochenende, wie seine Mama zu seinem Papa sagte, wie gern sie mal wieder zum Frühstück die Leckereien von dem tollen Bäcker im Nachbarort essen würde. Leider habe sie im Moment nie genug Zeit, dort vorbeizufahren. Auf dem Weg nach Hause entdecken die beiden Kinder plötzlich einen 10-Euro-Schein auf dem Bürgersteig. Dennis hebt ihn auf. Beide sind sehr aufgeregt, denn sie haben noch nie so viel Geld auf einmal gefunden.

Dennis grübelt: „Wow, mit diesem Geld könnte ich so viele tolle Dinge machen – neue Sachen kaufen oder Mama ihren Wunsch erfüllen!" Aber Naela denkt nach und sagt: „Vielleicht hat jemand das Geld verloren und braucht es dringend. Wir sollten es jemandem geben, der helfen kann, den Besitzer oder die Besitzerin zu finden."
Dennis ist hin- und hergerissen.

1 Worin besteht das Dilemma? Schreibe in deinen eigenen Worten auf.

Dennis muss sich entscheiden zwischen Ehrlichkeit und Familie, das heißt, der Möglichkeit, seiner Mutter einen Wunsch zu erfüllen.*

2 Welche beiden Werte scheinen Dennis wichtig zu sein, die ihn in dieses Dilemma bringen? Kreuze diese an.

Ehrlichkeit	☒	Angst	☐
Freundschaft	☐	Familie	☒

3 Nenne positive und negative Folgen für beide Entscheidungen, um Vor- und Nachteile für jede Option abzuwägen. Schreibe in Stichworten.

Dennis könnte das Geld bei der Polizei oder im Fundbüro abgeben.

Diese positive Folge hätte die Entscheidung: beweist Ehrlichkeit und Mitgefühl, Naela findet es gut, Besitzerin wäre froh

Diese negative Folge hätte die Entscheidung: Dennis' Mutter bekommt keine Überraschung, Dennis ist traurig

Dennis könnte seiner Mama einen Wunsch erfüllen.

Diese positive Folge hätte die Entscheidung: Dennis' Mutter würde sich freuen, Dennis damit auch.

Diese negative Folge hätte die Entscheidung: Besitzer wäre unglücklich, Naela auch, schlechtes Gewissen?

4 Stell dir vor, du bist Dennis. Wie würdest du dich entscheiden? Warum? Begründe deine Entscheidung.

Ich würde das Geld zurückgeben und so lange sparen, bis ich Mama den Wunsch erfüllen könnte. Ich zeige damit Ehrlichkeit, Naela freut sich; ich orientiere mich an der goldenen Regel

Du hast ___ von 8 Antworten richtig.

Gotteshäuser der Weltreligionen

Gotteshäuser sind wichtige Orte für Gläubige. Sie werden oft besucht, um zu beten sowie Gottesdienste und besondere Rituale zu feiern.

In einer Synagoge treffen sich Jüdinnen und Juden, um zu beten, die Heilige Schrift zu lesen und Feste zu feiern. Von außen hat die Synagoge eine Kuppel oder einen Davidstern, das Symbol des Judentums, auf dem Dach.

Judentum

Christentum

In einer Kirche kommen Christinnen und Christen zusammen, um zu beten, Gottesdienste zu feiern und die Bibel zu lesen. Von außen haben Kirchen oft ein bis zwei Türme (Glockentürme) und ein Kreuz darauf als Symbol des Christentums. Sie haben oft große Türen und bunte Fenster. Man kann sie häufig von Weitem schon erkennen.

In einer Moschee treffen sich Muslimas und Muslime, um zu beten und den Koran, ihre Heilige Schrift, zu lesen. Von außen hat eine Moschee oft eine oder mehrere Kuppeln und hohe Türme (Minarette). Die Türme sind besonders auffällig. Manchmal hört man von dort den Ruf zum Gebet.

Islam

Hinduismus

Im hinduistischen Tempel beten Hindus und es werden religiöse Rituale vollzogen. Im Tempel gibt es Statuen verschiedener Gottheiten, die geschmückt und verehrt werden. Von außen ist dieses Gotteshaus oft bunt und reich verziert mit vielen kleinen Türmchen und Figuren aus Geschichten. Die Tempel haben oft große Türen und wirken wie kleine, kunstvolle Paläste.

In buddhistischen Tempeln beten sowie meditieren Buddhistinnen und Buddhisten und lernen die Lehre Buddhas. Außen hat der Tempel oft ein geschwungenes Dach und bunte Verzierungen. Manche haben auch einen mehrstöckigen Turm mit vielen Dächern übereinander (Pagode).

Buddhismus

1 Beschrifte die Gotteshäuser der verschiedenen Weltreligionen. Zeichne das zu der jeweiligen Religion gehörende Symbol in den kleinen Kasten.

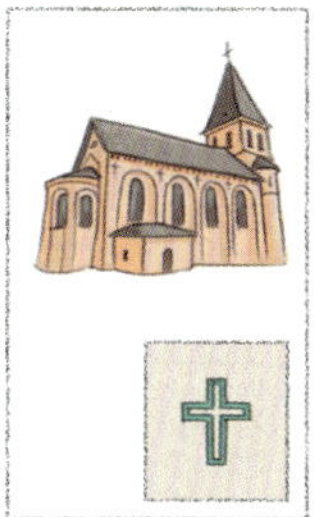

Christentum

Buddhismus

Judentum

Islam

Hinduismus

Propheten der Weltreligionen
In vielen Religionen gibt es besondere Menschen, die „Propheten" genannt werden. Nach Auffassung der Gläubigen wurden sie als wichtige Lehrer von Gott oder einer höheren Macht ausgewählt, um bedeutende Botschaften zu verkünden. Diese Botschaften helfen den Menschen, auf eine bestimmte Weise zu leben und glücklich zu sein.

Judentum: Mose
Im Judentum ist Mose ein wichtiger Prophet. Er hat das Volk Israels aus der Gefangenschaft in Ägypten geführt. Mose hat von Gott auf dem Berg Sinai die „Zehn Gebote" erhalten. Diese sagen Menschen jüdischen und christlichen Glaubens, was richtig und falsch ist.

Christentum: Jesus von Nazareth
Im Christentum wird Jesus als Sohn Gottes und Prophet verehrt. Gläubige sind überzeugt, dass er auf die Erde kam, um den Menschen Gottes Liebe und den richtigen Weg zu zeigen. Seine Lehren stehen in der Bibel und sind heute noch von Bedeutung.

Islam: Mohammed
Im Islam gilt Mohammed als der wichtigste Prophet. Muslimas und Muslime glauben, dass ihm von Gott der Koran, das heilige Buch des Islam, offenbart wurde. Mohammeds Worte und Taten dienen bis heute als Leitfaden für Gläubige. Sie glauben, dass Mohammed den Menschen beigebracht hat, wie sie leben sollen.

Hinduismus: Vyasa
Im Hinduismus gibt es viele heilige Bücher. Eine wichtige Figur in ihnen ist Vyasa, ein weiser Mann, der viele wichtige Texte gesammelt und aufgeschrieben haben soll. Obwohl der Hinduismus keine Propheten im gleichen Sinne wie andere Religionen kennt, wird Vyasa oft als eine Art Prophet angesehen.

Buddhismus: Buddha
Auch im Buddhismus gibt es keine Propheten im herkömmlichen Sinne. Stattdessen ist Buddha, der „Erleuchtete", die wichtigste Figur. Buddha, der ursprünglich „Siddhartha Gautama" hieß, fand den Weg zur Erleuchtung und lehrte die Menschen, wie sie friedlich leben können, indem sie richtig denken und handeln.

1 Erkläre den Begriff „Prophet" in deinen eigenen Worten.

Propheten gelten in vielen Religionen als wichtige Personen, die Gott oder eine höhere Macht auserwählt hat, um eine wichtige Botschaft zum glücklichen Leben unter den Menschen zu verbreiten.

2 Ordne die Propheten den richtigen Religionen zu.

Religion	Prophet
Hinduismus	Vyasa
Islam	Mohammed
Buddhismus	Buddha
Christentum	Jesus
Judentum	Mose

3 Schreibe zu jedem Propheten die für dich wichtigsten Informationen auf.

Mose: Er hat die Juden aus der Gefangenschaft in Ägypten geführt und die „Zehn Gebote" von Gott erhalten.

Jesus: Er gilt als Sohn Gottes, der ihn auf die Erde schickte, um Liebe und den richtigen Weg zu zeigen.

Mohammed: Ihm hat Gott den Koran offenbart. Seine Worte und Taten lehren Gläubige das gute Leben.

Vyasa: Er hat viele Texte der heiligen Schriften des Hinduismus gesammelt und aufgeschrieben.

Buddha: Er fand den Weg zur Erleuchtung und leitete die Menschen zu einem guten, friedlichen Leben an.

Heilige Schriften der Weltreligionen

Heilige Schriften sind für die Gläubigen aller Weltreligionen sehr wichtig. Sie gelten als Leitfäden oder sogar Gesetzbücher, nach denen sie leben.

Judentum (Davidstern)
Die Tora ist das wichtigste Buch im jüdischen Glauben. Sie besteht aus fünf Büchern, die auch Regeln und Geschichten über das Volk Israels enthalten. Der Tanach ist eine Sammlung von heiligen Texten. Sie enthält neben der Tora die Bücher der Propheten und weitere Texte.

Christentum (Kreuz-Symbol)
Die Bibel ist das wichtigste Buch im Christentum. Sie besteht aus zwei Teilen: einerseits aus dem Alten Testament, das Texte über die Schöpfung der Welt und das Leben der Menschen vor der Zeit Jesu enthält, andererseits das Neue Testament als zweiter Teil, das von den Taten und Lehren von Jesus Christus erzählt.

Islam (Mondsichel)
Der Koran ist das heilige Buch im Islam. Es wurde vom Propheten Mohammed durch einen Engel von Gott (Allah) überbracht. Im Koran stehen Anweisungen, wie Gläubige leben sollen, sowie Geschichten und Gebete. Für Gläubige ist der Koran die wörtliche Botschaft ihres Gottes.

Hinduismus (Om-Symbol)
Im Hinduismus gibt es viele heilige Bücher. Die ältesten und wichtigsten heißen Veden. Diese enthalten Lieder, Gebete und Anweisungen für das Leben. Andere wichtige Texte sind die Upanishaden, die vom Wesen der Welt berichten, und die Bhagavad Gita – eine Geschichte über den Helden Arjuna und den Gott Krishna.

Buddhismus (Dharma-Rad)
Die Tripitaka (oder Pali-Kanon) ist die wichtigste Sammlung von Schriften im Buddhismus. Sie besteht aus drei Teilen: Regeln für Mönche, die Lehren Buddhas und auch philosophische Texte. Diese Texte helfen den Gläubigen, den Weg zur Erleuchtung zu finden.

1 Fülle den Lückentext aus.

Die Heilige Schrift des Christentums heißt Bibel. Sie besteht aus dem Neuen und dem Alten Testament. Christinnen und Christen glauben an Jesus Christus.

Muslimas und Muslime lesen im Koran, ihrem heiligen Buch. Es wurde dem Propheten Mohammed von einem Engel offenbart. Gläubige beten zu Allah.

Die wichtigste Schrift im Judentum heißt Tora. Sie besteht aus fünf Büchern. Gläubige beten zu Gott.

Im Hinduismus gibt es viele heilige Schriften, die ältesten heißen Veden. Eine berühmte Geschichte des Hinduismus sind die Upanishaden, die vom Wesen der Welt berichten.

Die Buddhisten lesen in der Tripitaka, die auch Pali-Kanon genannt wird. Sie besteht aus drei Teilen: Regeln für Mönche, die Lehren Buddhas und philosophische Schriften. Buddhisten folgen dem Weg zur Erleuchtung.

2 Richtig oder falsch? Lies dir die Aussagen genau durch. Kreuze an.

	richtig	falsch
Das heilige Buch des Christentums ist der Koran.	☐	☒
Hindus lesen in der Bibel.	☐	☒
Die Tora besteht aus fünf Büchern.	☒	☐

Rituale der Weltreligionen

Judentum
Im Judentum wird der Schabbat besonders gefeiert. Er beginnt am Freitagabend und dauert bis zum Samstagabend. In dieser Zeit wird nicht gearbeitet. Die Familie trifft sich, um zu essen und zu beten. Ein weiteres Ritual ist das Pessahfest oder Pessach. Hierbei wird an die Befreiung ihres Volkes aus der Sklaverei in Ägypten erinnert. Es gibt ein besonderes Essen mit ungesäuertem Brot (Matzot) und Kräutern.

Christentum
Im Christentum gibt es viele wichtige Rituale. Eines davon ist die Taufe. Dabei wird ein Mensch mit Wasser besprengt oder kurz eingetaucht, um zu zeigen, dass er nun zur Glaubensgemeinschaft gehört. Ein weiteres Ritual ist das Abendmahl, bei dem an das letzte Mahl von Jesus mit seinen Jüngern erinnert und Brot sowie Wein (oder Traubensaft) verzehrt wird.

Islam
Im Islam betet man fünfmal am Tag. Dieses Gebet heißt Salāt. Vor dem Beten wäscht man bestimmte Körperteile zur rituellen Reinigung. Ein weiteres Ritual ist der Ramadan. In diesem Fastenmonat essen und trinken die Gläubigen von Sonnenaufgang bis Sonnenuntergang nichts. Am Ende des Ramadan folgt das Zuckerfest, auch Eid al-Fitr genannt.

Hinduismus
Im Hinduismus ist ein wichtiges Ritual das Puja, eine Verehrung der Gottheiten, bei der Blumen, Obst und Räucherstäbchen als Opfergaben dargebracht werden. Zudem gibt es das Diwali-Fest (Lichterfest): Man zündet Lichter an, um den Sieg des Guten über das Böse zu feiern.

Buddhismus
Im Buddhismus ist das Meditieren ein wichtiges Ritual. Dabei setzen sich die Menschen ruhig hin, schließen die Augen und konzentrieren sich auf ihren Atem oder ein bestimmtes Thema, um ihren Geist zu beruhigen. Ein weiteres Ritual ist das Vesak-Fest: Man gedenkt des Geburtstags, der Erleuchtung und des Todes Buddhas. Man besucht einen Tempel, bringt Blumen und Kerzen und denkt über Buddhas Lehren nach.

1 Welche Rituale gibt es in deiner Familie – zum Beispiel Geburtstag feiern oder Abendessen mit der Familie? Schreibe auf.

(individuelle Lösung)

2 Überlege, warum Menschen Rituale haben und warum diese wichtig für sie sind. Schreibe auf.

Jeder Mensch hat gewisse Rituale, denn sie geben ihm Sicherheit und Stabilität. Religiöse Rituale erzeugen zudem ein Zusammengehörigkeitsgefühl, erhalten eine Tradition und lassen an den Glauben erinnern.

3 Suche dir das für dich interessanteste Ritual von einer der Weltreligionen aus und erkläre das Ritual in deinen Worten.

Diwali-Fest: Die vielen Lichter erzeugen eine tolle Stimmung. Den Sieg des Guten über das Böse zu feiern, ist etwas Schönes.

4 Denke dir ein eigenes Ritual aus. Beschreibe kurz, was bei diesem Ritual passiert, warum es wichtig ist und wie es durchgeführt wird.

In meinem Ritual feiert man Regenbögen. Gemeinsam betrachtet man sie und isst danach. Man feiert Toleranz und Vielfältigkeit, denn dafür stehen Regenbögen.

(Beispiellösung)

Der 5. Ethikmeister

20 min

1 Fülle die Tabelle aus.

	Symbol der Religion	Heilige Stätte / Gotteshaus	wichtigster Prophet	Heilige Schrift	Namen wichtiger Rituale
Buddhismus		Buddhistischer Tempel	Buddha	Tripitaka / Pali-Kanon	Meditation, Vesak-Fest
Hinduismus		Hinduistischer Tempel	Vyasa	Veden, Upanishaden	Diwali-Fest
Islam		Moschee	Mohammed	Koran	Ramadan, Zuckerfest
Christentum		Kirche	Jesus von Nazareth	Bibel	Taufe, Abendmahl
Judentum		Synagoge	Mose	Tora und Tanach	Pessah-Fest / Pessach

2 Im Suchsel verstecken sich zusätzlich zu jeder Weltreligion drei Begriffe. Färbe Begriffe, die zur gleichen Weltreligion gehören, in derselben Farbe.

H	I	N	D	U	I	S	M	U	S	V	K	M	L	B	D	C	Z	T	H
D	R	R	T	W	P	C	X	Z	K	K	P	N	K	U	S	C	A	C	I
H	G	W	U	A	K	Z	W	K	B	R	M	L	K	D	Y	Q	K	P	N
V	I	Z	I	U	Q	J	H	Z	L	B	P	Q	D	D	N	C	R	L	D
X	C	Q	V	W	R	K	O	W	W	I	K	L	A	H	A	P	E	M	U
U	V	X	P	N	L	A	F	J	L	B	O	I	V	I	G	P	U	Y	I
D	K	T	A	N	A	C	H	F	D	E	R	S	I	S	O	M	Z	Q	S
K	O	L	K	P	V	K	C	L	G	L	A	L	D	T	G	O	I	H	T
B	M	Y	L	V	E	D	E	N	C	T	N	A	S	I	E	N	T	K	I
T	U	M	G	D	J	O	K	T	O	M	X	M	T	S	D	D	C	V	S
W	C	K	L	K	B	P	G	B	C	U	F	X	E	C	D	S	Q	X	C
X	C	H	R	I	S	T	E	N	T	U	M	B	R	H	A	I	G	A	H
D	H	A	R	M	A	-	R	A	D	W	B	L	N	E	L	C	M	J	E
B	Q	G	N	C	X	Q	U	L	S	Z	C	Q	C	R	A	H	O	U	R
R	I	X	B	U	D	D	H	I	S	M	U	S	O	T	I	E	S	D	T
K	M	G	W	X	W	U	Z	P	J	Y	S	L	C	E	L	L	C	E	E
P	A	L	I	-	K	A	N	O	N	U	T	U	F	M	A	R	H	N	M
U	V	L	K	F	C	U	P	W	P	D	H	F	K	P	M	X	E	T	P
A	W	I	F	Z	A	I	S	V	K	I	R	C	H	E	A	K	E	U	E
Y	B	W	L	D	Q	B	M	M	H	O	Y	Z	R	L	B	O	L	M	L

3 Ist dir im Suchsel der Name einer wichtigen Person für eine der Weltreligionen aufgefallen (Dalai Lama)? Suche und umkreise seinen Namen. Ordne ihn einer Religion zu. Recherchiere dazu im Internet.

Der Dalai Lama ist eine wichtige Person im Buddhismus.

Du hast ___ von 38 Antworten richtig.

Die goldene Regel

In unserer Gemeinschaft gibt es die goldene Regel. Sie soll ein respektvolles Miteinander schaffen und dadurch das Leben in unserer Gemeinschaft erleichtern. Sie lautet:

Ich behandle andere so, wie ich selbst behandelt werden möchte.

Um die goldene Regel anzuwenden, kannst du dir in jeder Situation folgende Fragen stellen:

1. Wie würde ich mich fühlen, wenn jemand dasselbe zu mir sagen oder mit mir tun würde?
2. Möchte ich so behandelt werden?
3. Was könnte ich tun, um die andere Person respektvoll zu behandeln?

1 Finde Situationen, in denen die goldene Regel hilft. Schreibe auf.

In der Schule:

wenn ein Kind ein anderes ärgert, bei Streitereien, wenn jemand unhöflich ist, bei vielen Sportarten

Zu Hause:

bei Streitereien, gegenüber meinen Eltern und Geschwistern oder gegenüber Haustieren

In der Freizeit:

in Freundschaften, beim Spielen, beim Sport, im Straßenverkehr oder mit Dingen oder Tieren von anderen

2 Schau dir die Bilder an und überlege, was du tun könntest.

Ich hebe dem Kind den Gegenstand auf. Ich wäre dafür auch dankbar.

Ich frage das Kind, ob alles okay ist, denn das würde ich auch wollen.

Ich frage beide, ob sie es auch gut fänden, wenn man über sie lacht.

3 Überlege, warum die goldene Regel so wichtig ist. Schreibe auf.

Wenn alle sich daran halten, können alle friedlich miteinander leben. Alle können die Regel verstehen und anwenden, denn sie setzt wenig voraus.

4 Ergänze die folgenden Sätze im Sinne der goldenen Regel.

1. Du hilfst mir auf, wenn ich hingefallen bin, denn ich würde mich auch freuen, wenn mir dann jemand aufhilft.
2. Ich gehe mit deinen Dingen ordentlich um, denn ich möchte auch, dass du mit meinen Dingen so umgehst.
3. Ich grenze dich nicht aus, denn ich würde selbst auch nicht ausgegrenzt werden wollen.
4. Du bist ehrlich zu mir, dann bin ich auch ehrlich zu dir. Ich bin wiederum auch ehrlich, damit du es bist.

So viel Müll! Müll trennen oder besser vermeiden?

Jeden Tag produziert jeder Mensch von uns Unmengen an Müll – Essensreste, Plastik, Papier, Glas und Metall. Das Problem dabei ist: Müll kann die Umwelt stark verschmutzen und Tiere gefährden. Darum ist es besonders wichtig, Müll zu trennen oder zu recyceln. Auch du kannst dazu beitragen, weniger Müll zu produzieren, indem du Dinge wiederverwendest und darauf achtest, keine Einwegprodukte zu benutzen. Das bezeichnet man als „Nachhaltigkeit". Nachfolgende Generationen sollen auf der Erde genauso gut leben können wie wir.

1 Die folgenden Handlungen ermöglichen, weniger Müll zu produzieren. Was könnte mit den Begriffen gemeint sein? Notiere deine Überlegungen.

Vermeidung:	Wiederverwertung:	Wiederverwendung:
Das bedeutet, von Anfang an wenig Müll zu verursachen.	Aus Müll wird etwas Neues gemacht, z. B. Verpackungen.	Wiederverwendbares nutzen, das man nicht entsorgen muss

2 Finde nun genaue Beispiele zu den verschiedenen Möglichkeiten, weniger Müll zu produzieren. Schreibe auf.

Vermeidung:	Wiederverwertung:	Wiederverwendung:
Verpackungen nutzen, die wenig/keinen Müll machen	Verpackungen benutzen, die wiederverwertbar sind	Verpackungen, die man immer wieder nutzen kann (Glas, ...)

3 Wann verursachst du welchen Müll? Schreibe in Stichwörtern auf.

Morgens: Verpackungsmüll (Frühstück), Abwasser (waschen, dreckiges Geschirr), Klopapier, Taschentücher

Mittags: Verpackungsmüll (Essen, Trinken), Papier- und Plastikmüll (Schule, nachmittags), Kaugummi, alte Stifte

Abends: Verpackungsmüll (Essen, Trinken), alte Zahnbürsten, Kosmetikprodukte, kaputte Gegenstände

4 Überlege, wie du Müll vermeiden kannst. Beende die Satzanfänge.

1. Anstatt mein Pausenbrot in eine Alufolie oder Plastiktüte zu packen, sollte ich wiederverwendbare Brotdosen benutzen.
2. Anstatt mein Blatt zu zerknüllen, weil mir eine Kleinigkeit missfällt, könnte ich es weiter beschreiben, bis es voll ist.
3. Anstatt einzeln verpackte Trinkpäckchen zu kaufen, wäre es besser, Mehrwegflaschen oder Glasflaschen zu verwenden.

(Beispiellösung)

5 Male etwas, das du aus alten Materialien basteln kannst. Beschreibe kurz, was es ist und wie du es gemacht hast.

(individuelle Lösung)

Warum ist es wichtig, Müll richtig zu entsorgen?

Es ist wichtig, unsere Erde sauber zu halten, da Müll die Umwelt stark verschmutzen kann. Gelangt Müll in die Natur, kann er Tiere gefährden und das Wasser, den Boden und die Luft verschmutzen. Weil die Nahrung aus der Natur kommt, ist Müll auch für Menschen schädlich. Durch Mülltrennung werden wertvolle Rohstoffe zurückgewonnen und die Menge an Abfall reduziert, die auf Deponien landen würde.

1 Um die Zerstörung der Umwelt einzugrenzen, ist mittlerweile der Verkauf von Einwegprodukten aus Plastik verboten.
Einwegprodukte sind Gegenstände, die man nur einmal benutzen kann und dann wegwirft. Finde drei Beispiele für ein Einwegprodukt.

1. ⃠ Plastikgeschirr und Plastiktrinkhalme
2. ⃠ alte Zahnbürsten
3. ⃠ unverwertbare Plastikverpackungen

2 Es gibt jedoch weiterhin Produkte aus Plastik, weil derzeit noch keine sinnvolle Alternative existiert.
Seit 2021 sind Plastikprodukte jedoch mit dem Warnhinweis rechts gekennzeichnet.
Überlege, worauf das Zeichen aufmerksam machen soll.
Schreibe auf.

Das Zeichen soll darauf hinweisen, dass man das Produkt richtig entsorgen soll, weil es Plastik enthält. Man soll es nicht in die Natur werfen, weil es für Lebewesen gefährlich werden kann – für Tiere und auch Menschen.

3 Was gehört in welche Mülltonne? Nenne für jede Tonne jeweils drei Beispiele.

Glastonne

- Glasflaschen
- Marmeladengläser
- Joghurtbecher aus Glas

Papiertonne

- Papierblätter
- Geschenkpapier
- Blöcke, Hefte, Karton

Gelbe Tonne

- Verpackungen aus Plastik
- Joghurtbecher aus Plastik
- Alufolie

Restonne

- nicht wiederverwertbarer Abfall
- Taschentücher
- benutzte, leere Hygieneartikel

Biotonne

- Essensreste
- alte Lebensmittel ohne Verpackung
- Eierschalen

Sondermüll

- Altbatterien
- Akkus
- Elektroschrott

Müll in der Natur

Müll in der Natur ist seit Jahren zu einem großen Problem geworden. Er verschmutzt Landschaften, schadet Lebewesen, die ihn fressen oder sich darin verfangen und verunreinigt Böden und Gewässer. Plastikmüll zersetzt sich zudem sehr langsam. So ist zum Beispiel eine Plastikflasche erst nach 100 bis 5 000 Jahren zersetzt. Es ist also wichtig, Müll richtig zu entsorgen oder zu recyceln, um die Natur zu schützen.

1 „Der Mensch braucht die Natur, aber die Natur braucht den Menschen nicht." (Weizsäcker) Wofür brauchen wir die Natur? Nenne 5 Beispiele.

1. Natur liefert uns Nahrung.
2. Natur reinigt die Luft.
3. Natur ist für alle Lebensraum.
4. Natur kühlt den Planeten.
5. Natur ist schöner ohne Müll.

2 Erkläre, wie Müll den Tieren schaden kann. Schreibe in Stichworten.

Tiere fressen ihn aus Versehen, verfangen oder verletzen sich in ihm oder sterben sogar daran.

3 Schätze, wie lange der Müll benötigt, bis er zersetzt ist. Verbinde.

Kaugummi	5 Jahre
Plastiktüte	10 bis 20 Jahre
Birne	3 Monate
Plastikbecher	50 Jahre
Taschentuch	2 bis 4 Wochen

Der 6. Ethikmeister

1 Wie solltest du andere Menschen behandeln? Schreibe auf.

Ich sollte andere Menschen so behandeln, wie ich auch selbst behandelt werden möchte.

2 Richtig oder falsch? Kreise ein und finde das Lösungswort heraus.

	richtig	falsch
Die goldene Regel gilt nur in der Schule.	F	(R)
Durch die goldene Regel lassen sich Konflikte vermeiden.	(E)	A
Indem wir andere so behandeln, wie wir selbst behandelt werden möchten, zeigen wir ihnen Respekt.	(S)	I
Durch das Anwenden der goldenen Regel helfen wir, ein freundliches Miteinander zu schaffen.	(P)	R
Nur Erwachsene müssen sich an diese Regel halten.	N	(E)
Die goldene Regel gibt es nur in Märchen.	E	(K)
Durch die goldene Regel versetze ich mich in andere und überlege, wie ich mich fühlen würde, wenn ich an ihrer Stelle wäre.	(T)	S

Lösungswort: RESPEKT

3 Nenne zwei Möglichkeiten, wie du im Alltag Müll vermeiden kannst.

1. Dinge mit wenig Verpackung kaufen und nutzen
2. wiederverwertbare Verpackungen verwenden

(Beispiellösung)

4 „Die Natur ist kein Mülleimer. Was wir wegwerfen, kommt irgendwann zu uns zurück." Was ist damit gemeint? Erkläre.

Wir nehmen durch die Nahrung die Verschmutzung auf.

5 Wie kommst du umweltschonender zur Schule? Kreuze an. Begründe.

1.

☒ Roller ☐ Auto

Der Roller stößt keine Schadstoffe aus.

2.

☐ ☒

Wenn mehr Personen im Auto sitzen, bedeutet das weniger Schadstoffausstoß pro Person.

3.

☐ ☒

Schadstoffe beim Bau und Transport des Fahrrads

6 Schau dir das Bild an. Welches Obst könnte Ayleen stattdessen essen, um unsere Umwelt zu schonen? Schreibe in die Sprechblase.

„Du weißt schon, dass Bananen bei uns nicht wachsen und deshalb mit dem Flugzeug oder Schiff zu uns kommen? Das ist schädlich für die Umwelt."

Obst aus der Region ist besser, zum Beispiel Äpfel oder Birnen.

Du hast ___ von 13 Antworten richtig.

59

60

61

62
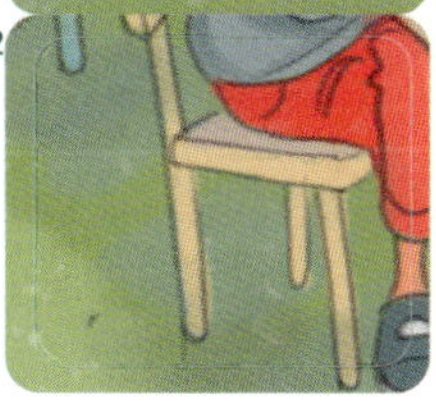

1. Ethikmeister

2. Ethikmeister

3. Ethikmeister

4. Ethikmeister

5. Ethikmeister

6. Ethikmeister

Die runden Sticker sind keine Sticker fürs Wimmelbild. Benutze sie, wie du möchtest.

Mit diesem Heft übt:

____

Das Übungsheft Englisch 4

Let's practise English mit Audio-CD „Jicki Vokabel-Dusche 4"

Das Übungsheft bietet für alle Kinder das ideale Training für Englisch – selbsterklärend, motivierend, themenorientiert sowie integrativ. Ergänzt wird das Heft durch die Jicki Vokabel-Dusche, durch welche die Lernenden – begleitet von Musik – das Vokabular lernen und festigen.

Das Heft eignet sich:

- als schriftliche Ergänzung des Unterrichtsstoffes
- für Einzel-, Partner- und Gruppenarbeit
- für Hausaufgaben oder zur häuslichen Verwendung/Übung mit den Eltern
- als Arbeitsheft in offenen Arbeitsformen
- zur Differenzierung/Individualisierung

Das Übungsheft Englisch 4

17 x 24 cm, 64 S., Gh, vierf., mit Kartonbeilage, Stickerbogen und Lösungsheft, mit Audio-CD „Jicki Vokabel-Dusche 4"
ISBN 978-3-619-19448-3, Bestell-Nr. 1904-48

www.mildenberger-verlag.de/798

Das Übungsheft Französisch 4

On apprend le français

Nach bewährtem Konzept üben und wiederholen die Kinder den relevanten Grundwortschatz in Französisch anhand von ansprechenden, spielerischen Aufgaben – themenorientiert und selbsterklärend.

- bewährtes Konzept mit kleinen und überschaubaren Lerneinheiten
- das beiliegende Lösungsheft ermöglicht eine Selbstkontrolle
- motivierendes Sticker-Belohnungssystem
- Beilage mit allen Wörtern, die auch online zum Hören angeboten werden
- ideal für den Unterricht oder auch für zu Hause

Das Übungsheft Französisch 4

17 x 24 cm, 64 S., vierf., Gh, mit Stickerbogen, Lösungsheft, Wörterliste (Kartonbeilage und als Online-Hörangebot), mit Audio-CD „Jicki Vokabel-Dusche Französisch 4"
ISBN 978-3-619-19421-6, Bestell-Nr. 1904-21

www.mildenberger-verlag.de/808

Das Übungsheft Kunst 3/4

Farben, Techniken, Künstlerinnen und Künstler

Dieses Übungsheft ist die perfekte Begleitung zum Unterricht im Fach Kunst. In kleinschrittigen Aufgaben mit den wichtigsten praktischen wie theoretischen Aspekten erwerben die Kinder ein „Grundwissen Kunst".

Vier übersichtliche Kapitel zum Grundwissen Kunst:

- Farbenlehre: Farbkreis, Farbwirkungen, Abdunkeln/Aufhellen von Farben
- Materialien und Werkzeuge: Papier, Leinwand, Pinsel, Wachsmalkreiden …
- Techniken: Zeichnen, Malen, Drucken, Formen und Gestalten
- Bildbetrachtung: Augenspaziergänge, Bildwirkung …
- Künstler: z. B. Monet, Van Gogh, Warhol, Kahlo, Slinkachu

Das Übungsheft Kunst 3/4

17 x 24 cm, 64 S., vierf., Gh, mit Stickerbogen, Lösungsheft (16 S.)
ISBN 978-3-619-36315-5, Bestell-Nr. 3603-15

www.mildenberger-verlag.de/900

3 Wir erstellen eine Zeitkapsel: Schreibe einen Brief an dein zukünftiges Ich. Die Kästchen können dir helfen.

Schreibe etwas über dein heutiges Ich. (z. B. Alter, Hobbys, Träume, Freundschaften, …)

Schreibe etwas darüber, was du aktuell gerne machst.

Schreibe etwas von deinen Träumen für die Zukunft. (z. B. Beruf, Familie, Freizeit, …)

Stelle Fragen an dein zukünftiges Ich.

Der 3. Ethikmeister

20 min

1 Woran kann man Zeit sehen? Denke an Dinge oder Menschen. Schreibe.

____

____

____

2 Es gibt viele Sprüche zum Thema „Zeit“. Suche dir ein Zitat aus. Kreuze es an und versuche zu erklären, was damit gemeint ist.

„Es ist nicht zu wenig Zeit, die wir haben, sondern es ist zu viel Zeit, die wir nicht nutzen.“

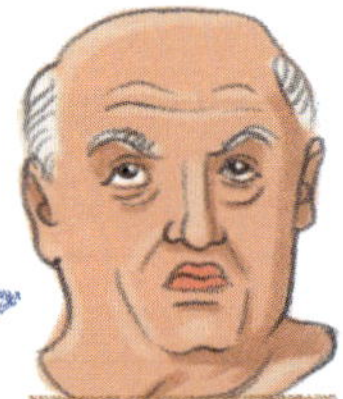

Seneca ☐

„Jede Zeit ist umso kürzer, je glücklicher man ist.“

„Die Zeit ist das, was wir am meisten wünschen, aber was wir am schlechtesten nutzen.“

Rainer Maria Rilke ☐

Plinius der Ältere ☐

____

____

____

____

3 Erkläre, warum es wichtig ist, Hobbys zu haben.

4 Manchmal ist es gut, über den Tag nachzudenken und sich zu erinnern, was gut und was weniger gut war. Schreibe einen kurzen Tagebucheintrag über einen Tag in deinem Leben. Was hast du gemacht und was hast du daraus gelernt?

5 Zeit und Veränderung: Überlege, wie sich die Zeit auf das Leben eines Menschen auswirkt. Denke dafür an eine Veränderung, die in deinem Leben passiert ist. Wie hat sich dein Alltag dadurch verändert und was hast du daraus gelernt?

Du hast ___ von 6 Antworten richtig.

Dilemma

Ein moralisches Dilemma ist eine Situation, die oft eine schwierige Entscheidung zwischen zwei Werten erfordert. Werte sind Regeln, die Menschen beachten sollen. Beispiele für Werte sind Ehrlichkeit, Freundlichkeit, Respekt, Fairness, Tierschutz, Umweltschutz, Rechte und vieles mehr.

Welche Wahl du auch immer bei einem Dilemma triffst, es gibt stets etwas Negatives oder einen Nachteil. Es gibt also keine perfekte Lösung und man muss immer sorgfältig überlegen, welche Option am besten ist, auch wenn sie nicht ideal ist.

1 Entscheide, ob es sich um ein Dilemma handelt. Setze ein Häkchen für „ja“ und ein Kreuz für „nein“.

☐ Emre und Can treffen sich nach der Schule, um gemeinsam den Nachmittag zu verbringen. Die beiden Jungen können sich jedoch nicht entscheiden, ob sie Karten oder Spielekonsole spielen wollen.

☐ Du darfst im Sportunterricht wählen, wer in deinem Team beim Brennball mitspielen darf. Am Ende stehen noch zwei Kinder zur Auswahl. Thilo und Mira. Beide Kinder magst du sehr gerne.

☐ Kai und Liv unterhalten sich über ein Geheimversteck. Kai sagt, dass er nach der Schule dort hingeht. Liv soll es niemandem verraten. Als Kais Eltern ihren Sohn nach der Schule abholen wollen, weiß niemand, wo Kai ist. Die Eltern sind besorgt und fragen seine beste Freundin Liv, ob sie wisse, wo Kai ist. Liv überlegt ...

☐ Angelique darf sich heute nach der Schule ein Eis holen. Doch zu welcher Eisdiele soll sie gehen? Bei der einen Eisdiele schmeckt das Vanilleeis so lecker, bei der anderen kann sie vom Schokoladeneis nicht genug bekommen.

Das Freundschaftsdilemma

Stell dir vor, dein Freund Bastian hat dir ein Geheimnis anvertraut, dass er sehr traurig ist, weil seine Eltern sich oft streiten und er Angst hat, dass sie sich trennen könnten. Er bittet dich, niemandem davon zu erzählen. Doch du merkst, dass Bastian immer trauriger wird und du denkst, dass es gut wäre, wenn ein Erwachsener, zum Beispiel eine Lehrkraft oder ein Familienmitglied, davon wüsste, um ihm zu helfen.

1 Worin besteht das Dilemma? Schreibe in die Denkblasen, welche Möglichkeiten du hättest, dich zu entscheiden.

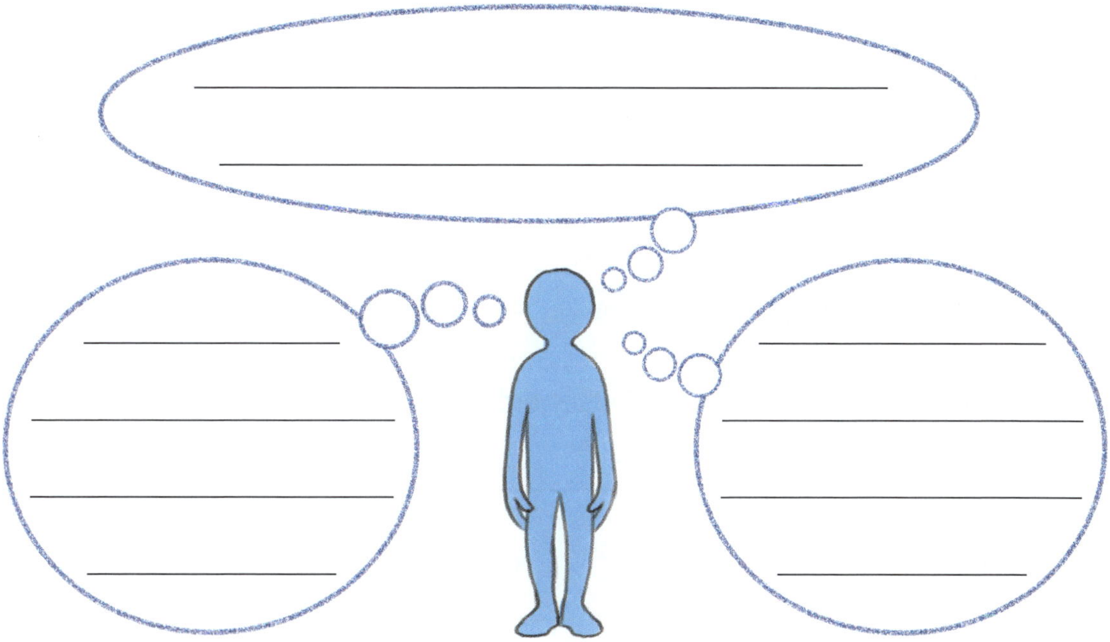

2 Wie fühlt man sich, wenn man ein Dilemma lösen muss? Begründe.

3 Nenne positive und negative Folgen für jede Entscheidung, um Vor- und Nachteile für jede Option abzuwägen. Schreibe in Stichworten.

Ich erzähle seinen Eltern von meinen Beobachtungen.

Diese positiven Folgen hätte die Entscheidung: ______

______

Diese negativen Folgen hätte die Entscheidung: ______

______

Ich erzähle einer Lehrkraft von meinen Beobachtungen.

Diese positiven Folgen hätte die Entscheidung: ______

______

Diese negativen Folgen hätte die Entscheidung: ______

______

Ich behalte das Geheimnis für mich.

Diese positiven Folgen hätte die Entscheidung: ______

______

Diese negativen Folgen hätte die Entscheidung: ______

______

4 Versetze dich in Bastian. Wie würdest du dich in den Situationen fühlen?

Mein Freund erzählt meinen Eltern von seinen Beobachtungen.

So fühle ich mich: ______________________________

____

Mein Freund erzählt einer Lehrkraft von seinen Beobachtungen.

So fühle ich mich: ______________________________

____

Mein Freund behält das Geheimnis für sich.

So fühle ich mich: ______________________________

____

5 Wie würdest du dich entscheiden? Kreuze an und begründe.

Ich erzähle seinen Eltern von meinen Beobachtungen. ☐ Ja ☐ Nein

Meine Begründung: ______________________________

____

Ich erzähle einer Lehrkraft von meinen Beobachtungen. ☐ Ja ☐ Nein

Meine Begründung: ______________________________

____

Ich behalte das Geheimnis für mich. ☐ Ja ☐ Nein

Meine Begründung: ______________________________

____

Das verschwundene Buch

Felix und Brit sind unzertrennliche Freunde. Sie lieben es, Bücher zu lesen und tauschen oft ihre Lieblingsbücher aus. Eines Tages leiht sich Brit ein Buch von Felix aus, das ihm besonders lieb ist. Es ist ein seltenes Buch, das Felix von seinem Großvater geschenkt bekommen hat.

Brit nimmt das Buch mit nach Hause und liest es in einem Rutsch durch.

Sie will es Tim am nächsten Tag zurückgeben, doch als sie in ihrem Zimmer nach dem Buch sucht, kann sie es nicht finden. Brit sucht überall, doch das Buch ist spurlos verschwunden. Sie kann sich nicht erinnern, wo sie es hingelegt hat.

Am nächsten Tag fragt Felix, ob Brit das Buch mitgebracht hat.

Brit zögert, weil sie weiß, wie viel das Buch Tim bedeutet. Was soll sie nun tun?

1 Wie könnte sich Brit entscheiden? Schreibe hier dieses Mal alle Möglichkeiten auf, die dir einfallen.

2 Brit befindet sich in einem Dilemma zwischen zwei Werten. Welche beiden Werte in jeder Spalte scheinen ihr wichtig zu sein, die sie in dieses Dilemma bringen? Kreuze diese an.

Ehrlichkeit ☐	Freundschaft ☐
Mitgefühl ☐	Gerechtigkeit ☐
Freiheit ☐	Treue ☐

3 Erkläre, warum es Brit schwerfällt, sich zu entscheiden.

___

___

___

___

4 Finde nun nur Gründe dafür und dagegen, dass Brit die Wahrheit sagt.

Brit sollte Felix gestehen, dass sie das Lieblingsbuch nicht mehr findet, weil

___

___

___

___

___

Brit sollte verschweigen, dass sie Felix' Lieblingsbuch nicht mehr findet, weil

___

___

___

___

___

5 Versetze dich in Felix. Wie antwortest du Brit? Schreibe auf.

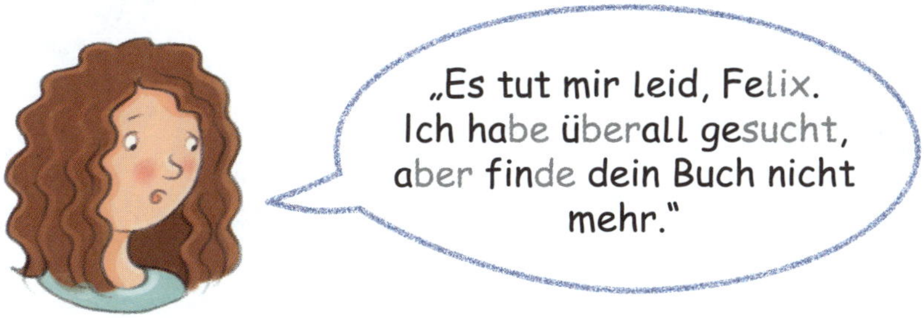

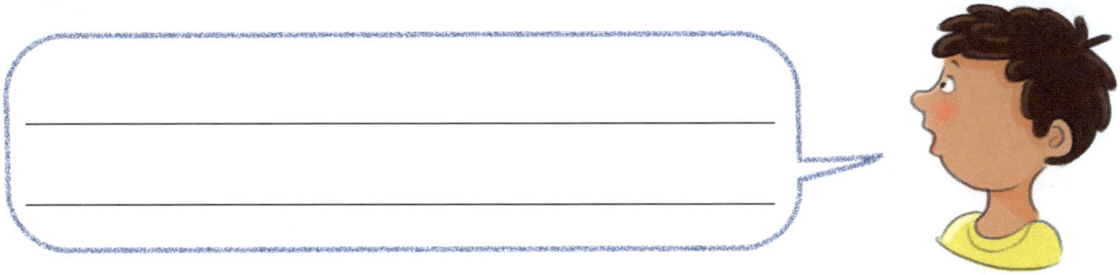

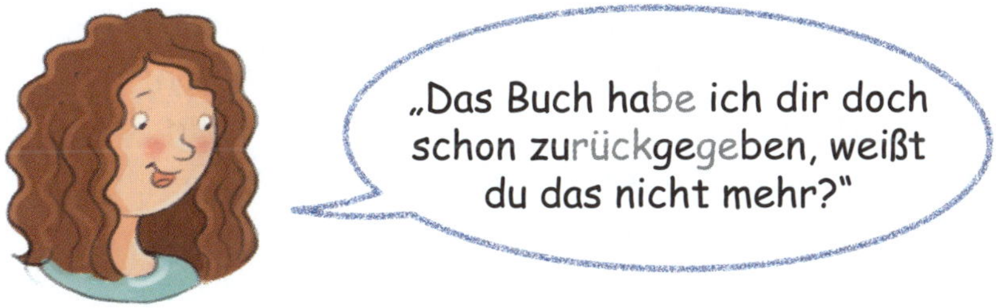

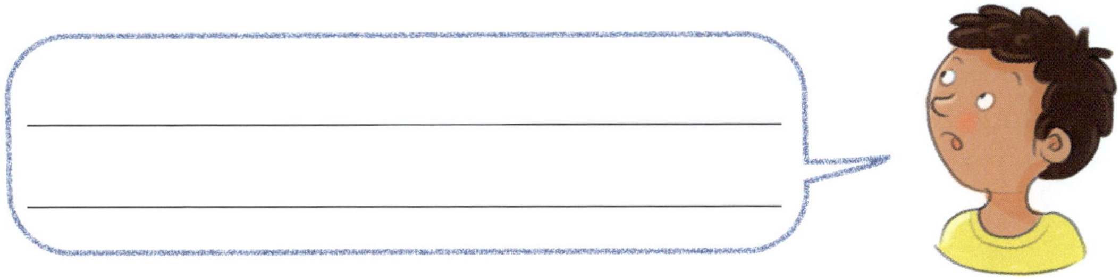

6 Stell dir vor, du bist Brit. Wie würdest du dich entscheiden? Warum? Begründe deine Entscheidung.

Der 4. Ethikmeister

20 min

Der gefundene Geldschein

Dennis und Naela sind beste Freunde und gehen fast immer zusammen zur Schule.

Dennis hörte am Wochenende, wie seine Mama zu seinem Papa sagte, wie gern sie mal wieder zum Frühstück die Leckereien von dem tollen Bäcker im Nachbarort essen würde. Leider habe sie im Moment nie genug Zeit, dort vorbeizufahren. Auf dem Weg nach Hause entdecken die beiden Kinder plötzlich einen 10-Euro-Schein auf dem Bürgersteig. Dennis hebt ihn auf. Beide sind sehr aufgeregt, denn sie haben noch nie so viel Geld auf einmal gefunden.

Dennis grübelt: „Wow, mit diesem Geld könnte ich so viele tolle Dinge machen – neue Sachen kaufen oder Mama ihren Wunsch erfüllen!“
Aber Naela denkt nach und sagt: „Vielleicht hat jemand das Geld verloren und braucht es dringend. Wir sollten es jemandem geben, der helfen kann, den Besitzer oder die Besitzerin zu finden.“
Dennis ist hin- und hergerissen.

1 Worin besteht das Dilemma? Schreibe in deinen eigenen Worten auf.

___

___

___

2 Welche beiden Werte scheinen Dennis wichtig zu sein, die ihn in dieses Dilemma bringen? Kreuze diese an.

- Ehrlichkeit ☐
- Angst ☐
- Freundschaft ☐
- Familie ☐

3 Nenne positive und negative Folgen für beide Entscheidungen, um Vor- und Nachteile für jede Option abzuwägen. Schreibe in Stichworten.

Dennis könnte das Geld bei der Polizei oder im Fundbüro abgeben.

Diese positive Folge hätte die Entscheidung: ______________________

____

Diese negative Folge hätte die Entscheidung:

____

____

____

Dennis könnte seiner Mama einen Wunsch erfüllen.

Diese positive Folge hätte die Entscheidung: ______________________

____

Diese negative Folge hätte die Entscheidung: ______________________

____

4 Stell dir vor, du bist Dennis. Wie würdest du dich entscheiden? Warum? Begründe deine Entscheidung.

____

____

____

____

Du hast ☐ von 8 Antworten richtig.

Gotteshäuser der Weltreligionen

Gotteshäuser sind wichtige Orte für Gläubige. Sie werden oft besucht, um zu beten sowie Gottesdienste und besondere Rituale zu feiern.

Judentum

In einer Synagoge treffen sich Jüdinnen und Juden, um zu beten, die Heilige Schrift zu lesen und Feste zu feiern. Von außen hat die Synagoge eine Kuppel oder einen Davidstern, das Symbol des Judentums, auf dem Dach.

Christentum

In einer Kirche kommen Christinnen und Christen zusammen, um zu beten, Gottesdienste zu feiern und die Bibel zu lesen. Von außen haben Kirchen oft ein bis zwei Türme (Glockentürme) und ein Kreuz darauf als Symbol des Christentums. Sie haben oft große Türen und bunte Fenster. Man kann sie häufig von Weitem schon erkennen.

Islam

In einer Moschee treffen sich Muslimas und Muslime, um zu beten und den Koran, ihre Heilige Schrift, zu lesen. Von außen hat eine Moschee oft eine oder mehrere Kuppeln und hohe Türme (Minarette). Die Türme sind besonders auffällig. Manchmal hört man von dort den Ruf zum Gebet.

Hinduismus

Im hinduistischen Tempel beten Hindus und es werden religiöse Rituale vollzogen. Im Tempel gibt es Statuen verschiedener Gottheiten, die geschmückt und verehrt werden. Von außen ist dieses Gotteshaus oft bunt und reich verziert mit vielen kleinen Türmchen und Figuren aus Geschichten. Die Tempel haben oft große Türen und wirken wie kleine, kunstvolle Paläste.

Buddhismus

In buddhistischen Tempeln beten sowie meditieren Buddhistinnen und Buddhisten und lernen die Lehre Buddhas. Außen hat der Tempel oft ein geschwungenes Dach und bunte Verzierungen. Manche haben auch einen mehrstöckigen Turm mit vielen Dächern übereinander (Pagode).

1 Beschrifte die Gotteshäuser der verschiedenen Weltreligionen. Zeichne das zu der jeweiligen Religion gehörende Symbol in den kleinen Kasten.

Propheten der Weltreligionen
In vielen Religionen gibt es besondere Menschen, die „Propheten" genannt werden. Nach Auffassung der Gläubigen wurden sie als wichtige Lehrer von Gott oder einer höheren Macht ausgewählt, um bedeutende Botschaften zu verkünden. Diese Botschaften helfen den Menschen, auf eine bestimmte Weise zu leben und glücklich zu sein.

Judentum: Mose

Im Judentum ist Mose ein wichtiger Prophet. Er hat das Volk Israels aus der Gefangenschaft in Ägypten geführt. Mose hat von Gott auf dem Berg Sinai die „Zehn Gebote" erhalten. Diese sagen Menschen jüdischen und christlichen Glaubens, was richtig und falsch ist.

Christentum: Jesus von Nazareth

Im Christentum wird Jesus als Sohn Gottes und Prophet verehrt. Gläubige sind überzeugt, dass er auf die Erde kam, um den Menschen Gottes Liebe und den richtigen Weg zu zeigen. Seine Lehren stehen in der Bibel und sind heute noch von Bedeutung.

Islam: Mohammed

Im Islam gilt Mohammed als der wichtigste Prophet. Muslimas und Muslime glauben, dass ihm von Gott der Koran, das heilige Buch des Islam, offenbart wurde. Mohammeds Worte und Taten dienen bis heute als Leitfaden für Gläubige. Sie glauben, dass Mohammed den Menschen beigebracht hat, wie sie leben sollen.

Hinduismus: Vyasa

Im Hinduismus gibt es viele heilige Bücher. Eine wichtige Figur in ihnen ist Vyasa, ein weiser Mann, der viele wichtige Texte gesammelt und aufgeschrieben haben soll. Obwohl der Hinduismus keine Propheten im gleichen Sinne wie andere Religionen kennt, wird Vyasa oft als eine Art Prophet angesehen.

Buddhismus: Buddha

Auch im Buddhismus gibt es keine Propheten im herkömmlichen Sinne. Stattdessen ist Buddha, der „Erleuchtete", die wichtigste Figur. Buddha, der ursprünglich „Siddhartha Gautama" hieß, fand den Weg zur Erleuchtung und lehrte die Menschen, wie sie friedlich leben können, indem sie richtig denken und handeln.

1 Erkläre den Begriff „Prophet“ in deinen eigenen Worten.

____

____

____

____

2 Ordne die Propheten den richtigen Religionen zu.

Hinduismus	Jesus
Islam	Buddha
Buddhismus	Vyasa
Christentum	Mose
Judentum	Mohammed

3 Schreibe zu jedem Propheten die für dich wichtigsten Informationen auf.

Mose: ____

____

Jesus: ____

____

Mohammed: ____

____

Vyasa: ____

____

Buddha: ____

____

Heilige Schriften der Weltreligionen

Heilige Schriften sind für die Gläubigen aller Weltreligionen sehr wichtig. Sie gelten als Leitfäden oder sogar Gesetzbücher, nach denen sie leben.

Die Tora ist das wichtigste Buch im jüdischen Glauben. Sie besteht aus fünf Büchern, die auch Regeln und Geschichten über das Volk Israels enthalten. Der Tanach ist eine Sammlung von heiligen Texten. Sie enthält neben der Tora die Bücher der Propheten und weitere Texte.

Judentum
(Davidstern)

Christentum
(Kreuz-Symbol)

Die Bibel ist das wichtigste Buch im Christentum. Sie besteht aus zwei Teilen: einerseits aus dem Alten Testament, das Texte über die Schöpfung der Welt und das Leben der Menschen vor der Zeit Jesu enthält, andererseits das Neue Testament als zweiter Teil, das von den Taten und Lehren von Jesus Christus erzählt.

Der Koran ist das heilige Buch im Islam. Es wurde vom Propheten Mohammed durch einen Engel von Gott (Allah) überbracht. Im Koran stehen Anweisungen, wie Gläubige leben sollen, sowie Geschichten und Gebete. Für Gläubige ist der Koran die wörtliche Botschaft ihres Gottes.

Islam
(Mondsichel)

Hinduismus
(Om-Symbol)

Im Hinduismus gibt es viele heilige Bücher. Die ältesten und wichtigsten heißen Veden. Diese enthalten Lieder, Gebete und Anweisungen für das Leben. Andere wichtige Texte sind die Upanishaden, die vom Wesen der Welt berichten, und die Bhagavad Gita – eine Geschichte über den Helden Arjuna und den Gott Krishna.

Die Tripitaka (oder Pali-Kanon) ist die wichtigste Sammlung von Schriften im Buddhismus. Sie besteht aus drei Teilen: Regeln für Mönche, die Lehren Buddhas und auch philosophische Texte. Diese Texte helfen den Gläubigen, den Weg zur Erleuchtung zu finden.

Buddhismus
(Dharma-Rad)

1 Fülle den Lückentext aus.

Die Heilige Schrift des Christentums heißt ________. Sie besteht aus dem ________ und dem ________ Testament. Christinnen und Christen glauben an ________ Christus.

Muslimas und Muslime lesen im ________, ihrem heiligen Buch. Es wurde dem Propheten ________________ von einem ________ offenbart.

Gläubige beten zu ________.

Die wichtigste Schrift im Judentum heißt ________. Sie besteht aus ________ Büchern. Gläubige beten zu ________.

Im Hinduismus gibt es viele heilige Schriften, die ältesten heißen ________.

Eine berühmte Geschichte des Hinduismus sind die ________________, die vom ________________ berichten.

Die Buddhisten lesen in der ____________, die auch ______________ genannt wird. Sie besteht aus drei Teilen: Regeln für ____________, die Lehren ____________ und philosophische Schriften. Buddhisten folgen dem Weg zur ________________.

2 Richtig oder falsch? Lies dir die Aussagen genau durch. Kreuze an.

	richtig	falsch
Das heilige Buch des Christentums ist der Koran.	☐	☐
Hindus lesen in der Bibel.	☐	☐
Die Tora besteht aus fünf Büchern.	☐	☐

Rituale der Weltreligionen

Judentum

Im Judentum wird der Schabbat besonders gefeiert. Er beginnt am Freitagabend und dauert bis zum Samstagabend. In dieser Zeit wird nicht gearbeitet. Die Familie trifft sich, um zu essen und zu beten. Ein weiteres Ritual ist das Pessahfest oder Pessach. Hierbei wird an die Befreiung ihres Volkes aus der Sklaverei in Ägypten erinnert. Es gibt ein besonderes Essen mit ungesäuertem Brot (Matzot) und Kräutern.

Christentum

Im Christentum gibt es viele wichtige Rituale. Eines davon ist die Taufe. Dabei wird ein Mensch mit Wasser besprengt oder kurz eingetaucht, um zu zeigen, dass er nun zur Glaubensgemeinschaft gehört. Ein weiteres Ritual ist das Abendmahl, bei dem an das letzte Mahl von Jesus mit seinen Jüngern erinnert und Brot sowie Wein (oder Traubensaft) verzehrt wird.

Islam

Im Islam betet man fünfmal am Tag. Dieses Gebet heißt Salāt. Vor dem Beten wäscht man bestimmte Körperteile zur rituellen Reinigung. Ein weiteres Ritual ist der Ramadan. In diesem Fastenmonat essen und trinken die Gläubigen von Sonnenaufgang bis Sonnenuntergang nichts. Am Ende des Ramadan folgt das Zuckerfest, auch Eid al-Fitr genannt.

Hinduismus

Im Hinduismus ist ein wichtiges Ritual das Puja, eine Verehrung der Gottheiten, bei der Blumen, Obst und Räucherstäbchen als Opfergaben dargebracht werden. Zudem gibt es das Diwali-Fest (Lichterfest): Man zündet Lichter an, um den Sieg des Guten über das Böse zu feiern.

Buddhismus

Im Buddhismus ist das Meditieren ein wichtiges Ritual. Dabei setzen sich die Menschen ruhig hin, schließen die Augen und konzentrieren sich auf ihren Atem oder ein bestimmtes Thema, um ihren Geist zu beruhigen. Ein weiteres Ritual ist das Vesak-Fest: Man gedenkt des Geburtstags, der Erleuchtung und des Todes Buddhas. Man besucht einen Tempel, bringt Blumen und Kerzen und denkt über Buddhas Lehren nach.

1 Welche Rituale gibt es in deiner Familie – zum Beispiel Geburtstag feiern oder Abendessen mit der Familie? Schreibe auf.

2 Überlege, warum Menschen Rituale haben und warum diese wichtig für sie sind. Schreibe auf.

3 Suche dir das für dich interessanteste Ritual von einer der Weltreligionen aus und erkläre das Ritual in deinen Worten.

4 Denke dir ein eigenes Ritual aus. Beschreibe kurz, was bei diesem Ritual passiert, warum es wichtig ist und wie es durchgeführt wird.

20 min

1 Fülle die Tabelle aus.

	Judentum	Christentum	Islam	Hinduismus	Buddhismus
Symbol der Religion					
Heilige Stätte / Gotteshaus					
wichtigster Prophet					
Heilige Schrift					
Namen wichtiger Rituale					

2 Im Suchsel verstecken sich zusätzlich zu jeder Weltreligion drei Begriffe. Färbe Begriffe, die zur gleichen Weltreligion gehören, in derselben Farbe.

H	I	N	D	U	I	S	M	U	S	V	K	M	L	B	D	C	Z	T	H
D	R	R	T	W	P	C	X	Z	K	K	P	N	K	U	S	C	A	C	I
H	G	W	U	A	K	Z	W	K	B	R	M	L	K	D	Y	Q	K	P	N
V	I	Z	I	U	Q	J	H	Z	L	B	P	Q	D	D	N	C	R	L	D
X	C	Q	V	W	R	K	O	W	W	I	K	L	A	H	A	P	E	M	U
U	V	X	P	N	L	A	F	J	L	B	O	I	V	I	G	P	U	Y	I
D	K	T	A	N	A	C	H	F	D	E	R	S	I	S	O	M	Z	Q	S
K	O	L	K	P	V	K	C	L	G	L	A	L	D	T	G	O	I	H	T
B	M	Y	L	V	E	D	E	N	C	T	N	A	S	I	E	N	T	K	I
T	U	M	G	D	J	O	K	T	O	M	X	M	T	S	D	D	C	V	S
W	C	K	L	K	B	P	G	B	C	U	F	X	E	C	D	S	Q	X	C
X	C	H	R	I	S	T	E	N	T	U	M	B	R	H	A	I	G	A	H
D	H	A	R	M	A	-	R	A	D	W	B	L	N	E	L	C	M	J	E
B	Q	G	N	C	X	Q	U	L	S	Z	C	Q	C	R	A	H	O	U	R
R	I	X	B	U	D	D	H	I	S	M	U	S	O	T	I	E	S	D	T
K	M	G	W	X	W	U	Z	P	J	Y	S	L	C	E	L	L	C	E	E
P	A	L	I	-	K	A	N	O	N	U	T	U	F	M	A	R	H	N	M
U	V	L	K	F	C	U	P	W	P	D	H	F	K	P	M	X	E	T	P
A	W	I	F	Z	A	I	S	V	K	I	R	C	H	E	A	K	E	U	E
Y	B	W	L	D	Q	B	M	M	H	O	Y	Z	R	L	B	O	L	M	L

3 Ist dir im Suchsel der Name einer wichtigen Person für eine der Weltreligionen aufgefallen (Dalai Lama)? Suche und umkreise seinen Namen. Ordne ihn einer Religion zu. Recherchiere dazu im Internet.

Der Dalai Lama ist eine wichtige Person im ____________________.

Du hast ____ von 38 Antworten richtig.

Die goldene Regel

In unserer Gemeinschaft gibt es die goldene Regel. Sie soll ein respektvolles Miteinander schaffen und dadurch das Leben in unserer Gemeinschaft erleichtern. Sie lautet:

Ich behandle andere so, wie ich selbst behandelt werden möchte.

Um die goldene Regel anzuwenden, kannst du dir in jeder Situation folgende Fragen stellen:

1. Wie würde ich mich fühlen, wenn jemand dasselbe zu mir sagen oder mit mir tun würde?
2. Möchte ich so behandelt werden?
3. Was könnte ich tun, um die andere Person respektvoll zu behandeln?

1 Finde Situationen, in denen die goldene Regel hilft. Schreibe auf.

In der Schule:

____

____

____

Zu Hause:

____

____

____

In der Freizeit:

____

____

____

2 Schau dir die Bilder an und überlege, was du tun könntest.

____

____

____

____

____

____

3 Überlege, warum die goldene Regel so wichtig ist. Schreibe auf.

____

____

____

4 Ergänze die folgenden Sätze im Sinne der goldenen Regel.

1. Du hilfst mir auf, wenn ich hingefallen bin, ___________________________________.

2. Ich gehe mit deinen Dingen ordentlich um, ___________________________________.

3. Ich grenze dich nicht aus, ___________________________________.

4. Du bist ehrlich zu mir, ___________________________________.

So viel Müll! Müll trennen oder besser vermeiden?

Jeden Tag produziert jeder Mensch von uns Unmengen an Müll – Essensreste, Plastik, Papier, Glas und Metall. Das Problem dabei ist: Müll kann die Umwelt stark verschmutzen und Tiere gefährden. Darum ist es besonders wichtig, Müll zu trennen oder zu recyceln. Auch du kannst dazu beitragen, weniger Müll zu produzieren, indem du Dinge wiederverwendest und darauf achtest, keine Einwegprodukte zu benutzen. Das bezeichnet man als „Nachhaltigkeit“. Nachfolgende Generationen sollen auf der Erde genauso gut leben können wie wir.

1 Die folgenden Handlungen ermöglichen, weniger Müll zu produzieren. Was könnte mit den Begriffen gemeint sein? Notiere deine Überlegungen.

Vermeidung:

Wiederverwertung:

Wiederverwendung:

2 Finde nun genaue Beispiele zu den verschiedenen Möglichkeiten, weniger Müll zu produzieren. Schreibe auf.

Vermeidung:

Wiederverwertung:

Wiederverwendung:

3 Wann verursachst du welchen Müll? Schreibe in Stichwörtern auf.

Morgens: ____________________

____

Mittags: ____________________

____

Abends: ____________________

____

4 Überlege, wie du Müll vermeiden kannst. Beende die Satzanfänge.

1. Anstatt mein Pausenbrot in eine Alufolie oder Plastiktüte zu packen,

   ____________________.

2. Anstatt mein Blatt zu zerknüllen, weil mir eine Kleinigkeit missfällt,

   ____________________.

3. Anstatt einzeln verpackte Trinkpäckchen zu kaufen, wäre es besser,

   ____________________.

5 Male etwas, das du aus alten Materialien basteln kannst.
Beschreibe kurz, was es ist und wie du es gemacht hast.

____

____

____

____

Warum ist es wichtig, Müll richtig zu entsorgen?

Es ist wichtig, unsere Erde sauber zu halten, da Müll die Umwelt stark verschmutzen kann. Gelangt Müll in die Natur, kann er Tiere gefährden und das Wasser, den Boden und die Luft verschmutzen. Weil die Nahrung aus der Natur kommt, ist Müll auch für Menschen schädlich. Durch Mülltrennung werden wertvolle Rohstoffe zurückgewonnen und die Menge an Abfall reduziert, die auf Deponien landen würde.

1 Um die Zerstörung der Umwelt einzugrenzen, ist mittlerweile der Verkauf von Einwegprodukten aus Plastik verboten.
Einwegprodukte sind Gegenstände, die man nur einmal benutzen kann und dann wegwirft. Finde drei Beispiele für ein Einwegprodukt.

1. ⃠ ______________________________

2. ⃠ ______________________________

3. ⃠ ______________________________

2 Es gibt jedoch weiterhin Produkte aus Plastik, weil derzeit noch keine sinnvolle Alternative existiert.
Seit 2021 sind Plastikprodukte jedoch mit dem Warnhinweis rechts gekennzeichnet.
Überlege, worauf das Zeichen aufmerksam machen soll.
Schreibe auf.

____

____

____

____

3 Was gehört in welche Mülltonne? Nenne für jede Tonne jeweils drei Beispiele.

Glastonne

Papiertonne

Gelbe Tonne

Resttonne

Biotonne

Sondermüll

Müll in der Natur

Müll in der Natur ist seit Jahren zu einem großen Problem geworden. Er verschmutzt Landschaften, schadet Lebewesen, die ihn fressen oder sich darin verfangen und verunreinigt Böden und Gewässer. Plastikmüll zersetzt sich zudem sehr langsam. So ist zum Beispiel eine Plastikflasche erst nach 100 bis 5 000 Jahren zersetzt. Es ist also wichtig, Müll richtig zu entsorgen oder zu recyceln, um die Natur zu schützen.

1 „Der Mensch braucht die Natur, aber die Natur braucht den Menschen nicht." (Weizsäcker) Wofür brauchen wir die Natur? Nenne 5 Beispiele.

1. ______
2. ______
3. ______
4. ______
5. ______

2 Erkläre, wie Müll den Tieren schaden kann. Schreibe in Stichworten.

______

______

3 Schätze, wie lange der Müll benötigt, bis er zersetzt ist. Verbinde.

Kaugummi	2 bis 4 Wochen
Plastiktüte	3 Monate
Birne	5 Jahre
Plastikbecher	10 bis 20 Jahre
Taschentuch	50 Jahre

Der 6. Ethikmeister

1 Wie solltest du andere Menschen behandeln? Schreibe auf.

____

____

2 Richtig oder falsch? Kreise ein und finde das Lösungswort heraus.

	richtig	falsch
Die goldene Regel gilt nur in der Schule.	F	R
Durch die goldene Regel lassen sich Konflikte vermeiden.	E	A
Indem wir andere so behandeln, wie wir selbst behandelt werden möchten, zeigen wir ihnen Respekt.	S	I
Durch das Anwenden der goldenen Regel helfen wir, ein freundliches Miteinander zu schaffen.	P	R
Nur Erwachsene müssen sich an diese Regel halten.	N	E
Die goldene Regel gibt es nur in Märchen.	E	K
Durch die goldene Regel versetze ich mich in andere und überlege, wie ich mich fühlen würde, wenn ich an ihrer Stelle wäre.	T	S

Lösungswort: ________________

3 Nenne zwei Möglichkeiten, wie du im Alltag Müll vermeiden kannst.

1. ____

2. ____

4 „Die Natur ist kein Mülleimer. Was wir wegwerfen, kommt irgendwann zu uns zurück." Was ist damit gemeint? Erkläre.

____

5 Wie kommst du umweltschonender zur Schule? Kreuze an. Begründe.

1.  ☐  ☐

____

2.  ☐  ☐

____

____

3.  ☐  ☐

____

6 Schau dir das Bild an. Welches Obst könnte Ayleen stattdessen essen, um unsere Umwelt zu schonen? Schreibe in die Sprechblase.

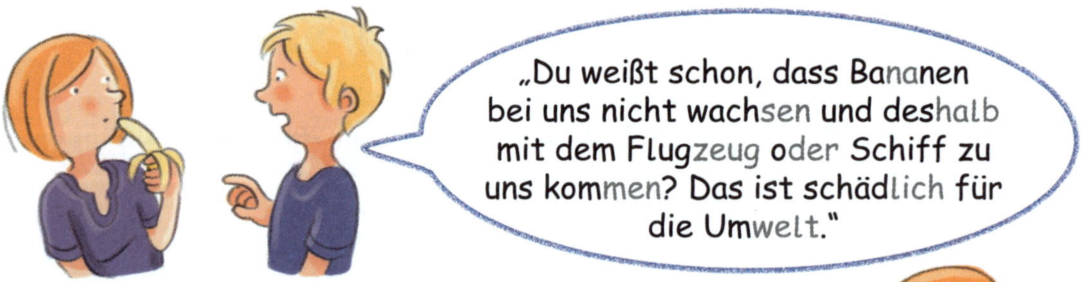

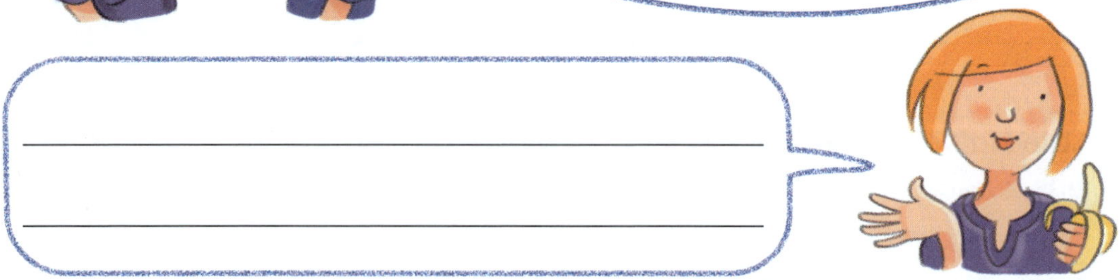

Du hast ☐ von 13 Antworten richtig.